たった三カ月で初恋が幕を閉じた
だから、もう誰かを好きになったりしない…
柳内《やない》さんのことが好きだって言ったらどうする？
ごめんなさい
私は……誰とも恋愛するつもりないから

おい、待てよ。逃げんなって。一緒に遊ぼうぜ
た 助けて
ドキッ
お前ら なにやってんの？
そんな手で亜子《あこ》に触ってんじゃねーよ！

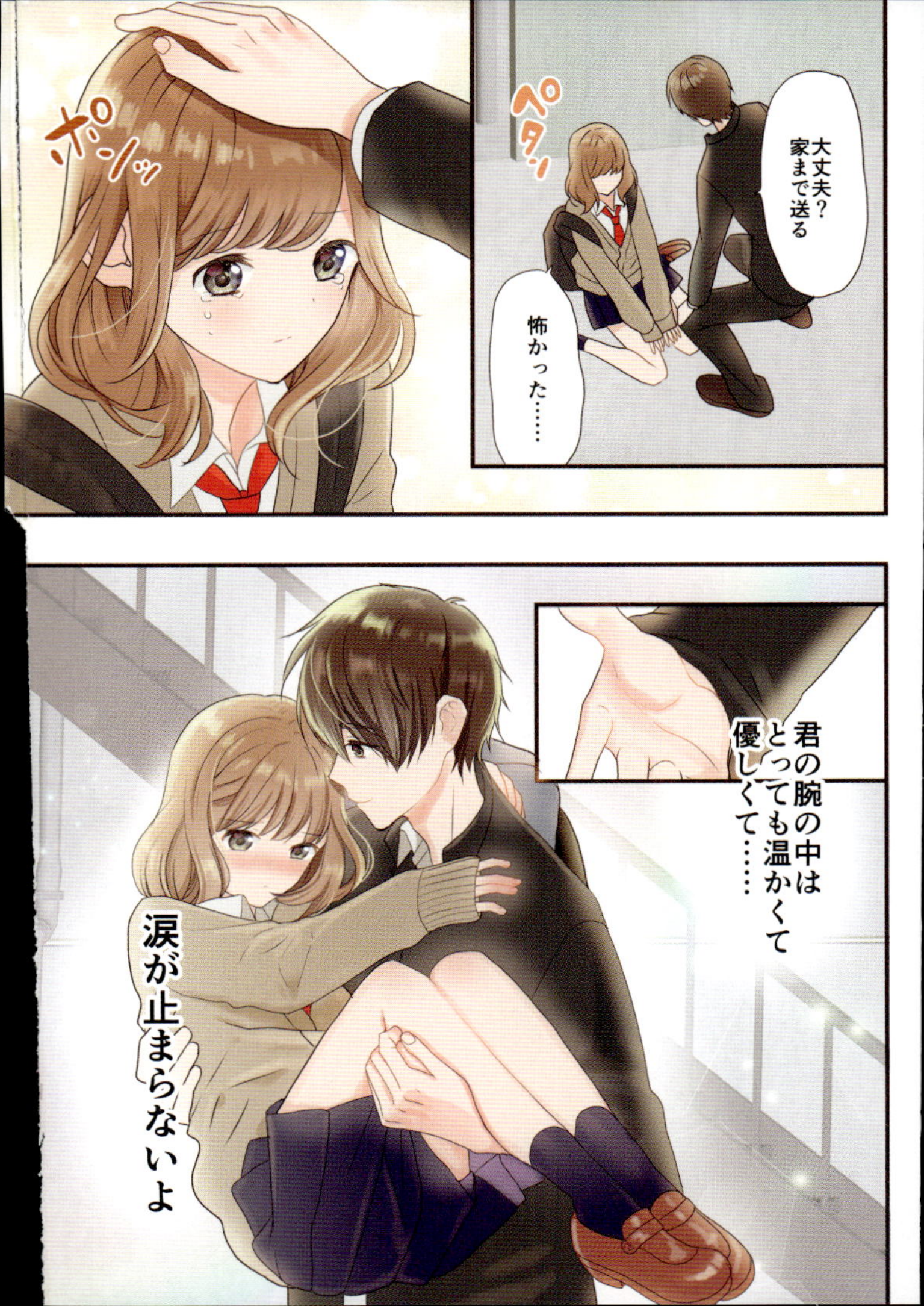
ペタン
大丈夫？
家まで送る
怖かった……
ポンッ
君の腕の中は
とっても温かくて
優しくて……
涙が止まらないよ

俺はあいつとは違う
お前を傷つけないって誓うから
どうしようもないくらい君のことが好き
だけどねまだ勇気がなくて…

野いちご文庫

俺がきみの一番になる。

miNato

スターツ出版株式会社

contents

第五章

CHARACTERS

本田《ほんだ》 草太《そうた》

亜子と同じクラスで野球部所属。運動神経抜群なイケメンで、クラスでも人気者。どんなことにも一生懸命であきらめない性格。亜子のことが好きで、ストレートに想いを伝えるけれど…。

柳内《やない》 亜子《あこ》

料理が得意な高2。高1のときに同級生の太陽にふられて、二度と恋愛なんてしないと心に決めていた。ある日、草太から告白されて一度は断るけれど、一途な想いに少しずつ心が動きはじめて…。

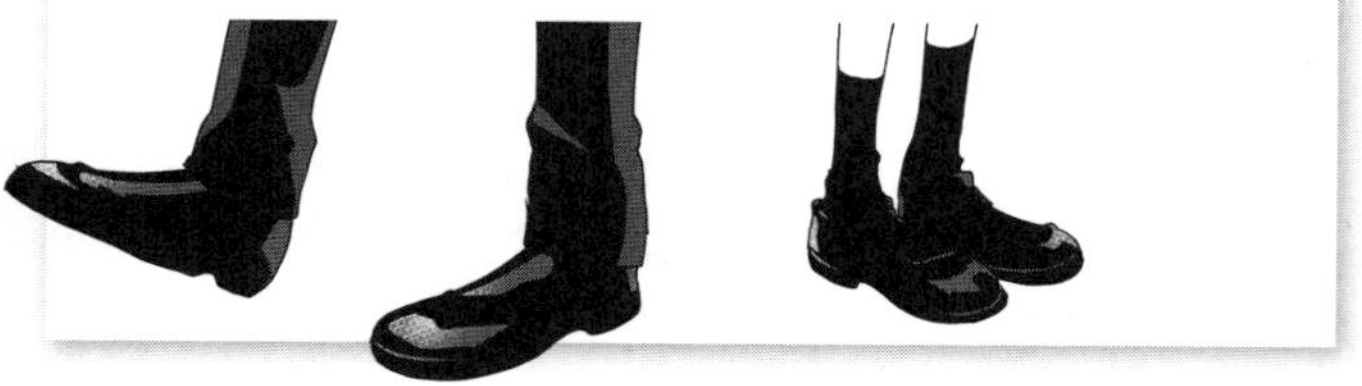

高木《たかぎ》 拓也《たくや》

草太の中学時代からの親友。ベビーフェイスでモテオーラをまとったイケメン。亜子の相談相手になってくれる。

三上《みかみ》 太陽《たいよう》

亜子の元カレ。亜子に対して友達以上の感情をもてなかったけど、別れたあともフレンドリーに接している。

横田《よこた》 朱里《あかり》

草太が中学時代に好きだった同級生。女子力が高いタイプ。草太を一度はふったけれど、偶然の再会で草太を好きに。

南野《なんの》 咲希《さき》

クールビューティーな亜子のクラスメイト。なにかと亜子のことを心配してくれる正義感の持ち主。

「好きだって言ったら
どうする？」
ほとんど話したことがないクラスメイトから
告げられた衝撃《しょうげき》の言葉

ねぇ、冗談だよね？
からかっているだけなんでしょ？
だって困るよ
私はもう誰のことも好きにならないって誓ったから
「俺、あきらめないよ
絶対に振り向かせてみせるから」
爽やかに見えて意外と俺様で強引《ごういん》で
「俺はアイツとは違う。傷つけないって誓うから」
そんなの……信じられるわけがない
いつか裏切られて傷つくくらいなら

最初から好きにならないほうがいい
もう二度とあんな思いはしたくない

それなのに
「信じてよ、俺の気持ちを」
きみの言葉に翻弄《ほんろう》される
「こんなに誰かを好きになるのは
初めてなんだ」
ドキドキして
キュンとして
無意識に赤くなる

「いつかは、俺がきみの一番になる」
やめて、それ以上踏み込まないで
ドキドキが止まらないよ

プロローグ

プロローグ

「俺、おまえのことを最後まで好きになれなかった」

肩を震わせて泣く私に向かって、投げかけられた冷たい言葉。

胸がはりさけそうなくらい痛くて、なにか言いたいのに頭のなかは真っ白でなにも考えられない。

最後まで好きになれなかった……？

ねぇ、それって、どういうこと……？

パクパクと口を動かしてみるけれど、空気が出るだけで声が出てこない。

こんなに胸が苦しいのは、生まれて初めてだ。それなのに目の前の彼は悪びれる様子もなく、平然と言葉を続ける。

「もう、これ以上一緒にいるのは無理だから」

「……んでっ」

なんで……？

嫌だ、嫌だよ。

「そんなこと……言わないでっ」

許すから、全部、許すから。私のこと、好きじゃなくてもいい。それでも、一緒にいたい。離れるなんて考えられない。

だって……好きだから。

「これ以上はもう、俺が限界。亜子《あこ》と一緒にいると、疲れるんだよ」

「……っ」

胸が苦しくて、目頭《めがしら》が一気に熱くなった。あふれてくる涙を我慢《がまん》できない。

一緒にいると疲れる……。

知らなかった、私、そこまで嫌われていたんだ。

入学式の日に一目惚《ひとめぼ》れをして、偶然にも同じクラスだった彼。

教室では席が離れていたから、休み時間のたびに、彼に存在を知ってもらおうと必死にアピールした。

もともと人懐《ひとなつ》っこい性格をしている彼と仲よくなるのに時間はかからなかったけど、

彼はいわゆるムードメーカー的存在で、いつも周りにはたくさんの人がいた。

おまけにイケメンで、背が高くて、誰にでも優しい。当然だけどモテないはずがなく、周りには絶えず女の子の姿があった。

相手にされるはずがないことはわかっていたけど、こうと決めたら即行動派の私は思いきって告白した。

結果は惨敗《ざんぱい》。友達にしか思えないって言われてふられた。

それでもあきらめられなくて、何度も何度も告白を繰り返して、最終的には『好きじゃなくてもいいから』って、ムリやり付き合ってもらうことになった。

思いきってデートに誘って放課後にショッピングモールをブラブラしたり、友達カップルと一緒にゲームセンターで遊んだり。

毎日がとても楽しくて、一緒にいる時間が長くなればなるほど、どんどん欲張りになってワガママを言ってしまうこともあった。

『疲れる』

まさか、そんなふうに思われていたなんて……。

本音を聞かされて、すごくショックだ。

胸がズキズキ、ヒリヒリする。なにがダメだったんだろう。どこがいけなかったんだろう。

一緒にいる時、笑ってくれていたから、楽しんでくれているものだとばかり思っていた。

高校一年生の夏休み真っ只中、私の初恋はたったの三カ月であっけなく幕を閉じた。好きだった。大好きだったよ。

それなのに、彼は私ではなく、ほかの女の子に目を向けはじめた。ふたりで遊んだり、時には知らない女の子の肩を抱いていたり。

知らないフリをし続けたのは、問いつめるとこうなることがわかっていたからなのかもしれない。

どれだけがんばっても、どれだけ好きでも、私はきみの一番にはなれなかった。

去っていくうしろ姿から目が離せなくて、心のなかで行かないでって何度も唱えた。

行かないで！

戻ってきてよ！

どうして……こんなことになっちゃったの。

思い出すと今でも苦しくて、胸がはりさけそうになる。うまく呼吸ができなくて、動悸《どうき》がする。

きみのことを思い出すと、無性《むしょう》に泣きたくなる。

きみにふられたあの夏の日から……。

私はずっと、

そう、ずっと、

前に進めずにいる。

第一章

かわいいと思ってる

　カキーンと金属になにかが当たる音が、どこかから聞こえた気がした。でも、どこからだろう。

　目の前が真っ暗で意識もフワフワしているから、よくわからない。

　なんだか夢心地で、もしかすると夢のなかの出来事なのかな。

「……いっ！　おいっ！」

「ん……」

　どれくらい経《た》ってからだろう、誰かの声が耳もとで聞こえた。意識が戻ってくる感覚がなんとなくわかって、だんだんと現実味を帯びてくる。

「おーい、聞こえてるかー？」

「う、ん……」

「聞こえてたら、目ぇ開けて。つーか、お願いだから目ぇ開けて」

肩を揺《ゆ》さぶられて、次第《しだい》に意識がはっきりしはじめる。

「うーん……」

額や全身にじっとりと汗をかいているのがわかった。

ぼんやりとした意識のなかで、ここはどこだろうという疑問が浮かんでくる。

そういえば、私……。

ハッとして、目を開けると同時にガバッと起きあがった。真っ先に目に飛び込んできたのは、心配そうに眉《まゆ》を下げて私を見つめる男の子。

野球部のユニフォームを着ているということは、部活中なのかな。

太陽の光がサンサンと降りそそぐアスファルト。

そしてその先には、汚れた水が足首くらいまでたまっている大きなプールがある。

どうやら私は、プールサイドのベンチの上で寝てしまっていたようだ。こんなカンカン照りの晴れの日に屋外で寝るなんて、ありえないよ。

それにしても、暑い……。

汗がたらりと背中を伝った。まだ五月下旬だというのに、真夏並みの暑さだ。ベンチの所はちょうど陰《かげ》になっていて、暑さはいくらかマシだけれど。

「大丈夫か？」

「え、あ」

「どっか痛いとこない？　つーか、頭打ったんじゃね？　血とか出てないか？」

血相《けっそう》を変えてあわてふためく目の前の人。矢継ぎ早に質問されて、なにから答えればいいのやら。

痛いとこは？

ない。

頭を打った……？

うーん、よくわからない。

血が出てる？

ううん、大丈夫だと思う。

「大丈夫。ただ寝てただけだよー」

心配そうに私の顔を覗き込む目の前の男子に向かって、明るく笑いとばした。

私が倒れていると思って心配してくれたのかな。

「バカだよねー、こんな所で寝るなんて！　大丈夫だから、気にしないで」

「寝てたって……マジ？」

ホッとしたような、でもどこか不安げに瞳《ひとみ》を揺らす彼。

「え？　うん、マジだよ。座ってたら眠くなっちゃってさ」

こんな所で寝るなんて、自分でもほんとにバカだと思う。きっと、呆れられるよね。

「マジ、かぁ。はぁ、よかった」

思いとは裏腹《うらはら》に、彼は安堵《あんど》の表情を浮かべて息を吐いた。

「なにがよかったの？」

「てっきり俺が打ったボールが頭に当たって、倒れてるのかと思ったから」

「え？」

あ、野球ボールが当たったと思ったの？

「大丈夫だよ、ふつうに寝てただけだから」

そう言って笑顔を見せると、再び「よかった」と言い彼は安心したように優しく微《ほほ》笑《え》んだ。

彼は高校二年生になって初めて同じクラスになった本田草太《ほんだそうた》君。

背が高くて、野球部らしからぬサラサラの黒髪に、小顔の本田君。派手でもなければ地味でもないのだけれど、不思議なオーラがあって目立つタイプ。クラスではいつも笑っていて、明るい人っていうのが私のイメージ。

同じクラスだけど、これまでに話したことは一度もない。

そういえば、こんなにマジマジと顔を見るのも初めてかもしれない。

全体的にスッキリとした端整《たんせい》な顔立ちの本田君は、運動部なだけあってよく日に焼けている。それでいて筋肉もしっかりついているから、なんだかとても大人っぽく見える。

でも目がクリクリしていて、意外とかわいい顔をしてるな、なんて思ってみたり。

「ところでさ、なんでこんな所にいんの？」

プールサイドのベンチなんかで寝ていた私に、不思議そうに眉を寄せる本田君。

そういえば、私……。

「あ！」

改《あらた》めて本来の目的を思い出した私は、ハッとしてあたりを見回す。

ここには私と本田君以外には誰もいない。

う、ウソでしょ、ありえないよ。

「プール掃除だよ。授業中にスマホをいじってたから、その罰として。でもさ、ひどいと思わない？　こんなに大きなプールをひとりで掃除できるわけないよね」

ほかに人がいないってことは、どう考えてもひとりでしなきゃいけないってことだよね？

そんなのって、あんまりだ。ひとりでなんて、できっこないよ。

はぁと大きなため息を吐きながら、うなだれる私。か弱き乙女にこの仕打ちはないでしょう。

ひどいよ、先生。

「プール掃除、俺もだわ。でも、今日じゃないだろ」

「え？」

今日じゃない？

「たしか、明日じゃなかったっけ？　俺のほかにも、クラスのヤツが何人か呼びだされてたと思う」

「ホント？」

私が日にちを間違えてたの？

「うん。さすがに、プール掃除をひとりでってことはないだろ。つーか、ひとりでは無理だしな」

目の前のプールを眺めながら苦笑する本田君。

「たしかに、そうだよね。ついつい、うっかりしちゃってたよ」

テヘッと笑って舌を出す。ドジな私は、ついうっかりしてしまうことがとても多い。今日みたいに、人から言われて気づかされることも多々ある。

「柳内《やない》さんって、よくうっかりしてるよな。授業中に当てられても、そのことにすら気づかずにボーッとしてるし」

「うっ、よく知ってるね」

「今日だって、こんな所で寝てるし。マジで焦《あせ》ったんだからな」

「そ、それは、たまたまだよ！　誰も来ないから眠くなったの」

「眠くなっても、普通ならこんな所で寝ないだろ」

クックッとおかしそうに笑う本田君。あどけない笑顔は少年のようで、大人っぽさが一気に抜けた。

「それにさ、柳内さんって入学式の日もひとりだけ礼するタイミングがズレてたり、立ちあがるタイミングが遅かったり、ワンテンポ早く椅子から立ちあがったりしただろ？」

「えー？　なんでそんなことまで知ってるの？　一年以上も前のことだよ？」

ビックリしすぎて目が点になる。誰にも見られていないと思っていたのに、まさか、見られていたなんて……。

うう、ツイてないよ。

「まぁ、かなり目立ってたし。みんなとズレてることに気づいて焦ってる柳内さんを見て、笑いをこらえるのに必死だったよ」

「なにそれ、ひどーい！」

プクッと頬《ほお》をふくらませて、ジトっと本田君をにらむ。

本田君はそんな私を見てさらに目を細めた。日焼けした肌に真っ白な歯が覗いて、右側だけにある八重歯《やえば》がとても印象的な爽やかな笑顔。

入学式の時はカチコチに緊張していたこともあって、動きがぎこちなかったのは自覚している。

でも、笑いをこらえるのに必死だったって……ひどいと思わない？

「怒るなよ。その時の柳内さん、かわいいと思って見てたんだから」

「え？」

か、かわいい……？

一瞬なにを言われたのかわからなかった。

かわいいって、聞き間違いじゃないよね？

目をパチクリさせて、マジマジと本田君の目を見つめる。背が高いから、下から本田君の顔を見上げる形になった。

澄《す》ました表情で遠くを見ながら平然としている本田君は、もしかすると女子の扱いに慣れている？

だってだって、話したこともない女子に、いきなりかわいいだなんて言わないよね。

クールなイメージだったのに、とっても意外だ。

「ほ、本田君って、女子に『かわいい』とか言うキャラだったんだ……」

恥ずかしがるそぶりもなく平然としているところを見ると、かなりそういうことに慣れているんじゃないかと思う。

「いや、うん、まぁ……」

本田君はここで初めて気まずそうなそぶりを見せた。バツが悪そうに私から目をそらす。そして、照れを隠すように人差し指で頬をポリポリとかいてみせた。

「こんなこと、柳内さんにしか言わないけど」

「え？」

私にしか言わない？

んっ？

それって、どういう意味？

頭のなかがハテナマークでいっぱいになっていく。そして、それは本田君にも伝わっていたんだろう。彼は言葉を続けた。

「柳内さんのこと、本気でかわいいと思ってる」

「……っ」

ビックリして言葉が出ないって、こういうことを言うのかな。

本気でかわいいと思ってるって……現在進行形？

いやいや、そんなわけないよ。ほら、あれだ。ペットに対してかわいいと言うような意味で言ってるだけで、そこに特別な意味は存在しないはず。

「冗談でそんなこと言っちゃダメだよー！　かわいいなんて、誰にも言われたことないんだからね！　あははっ」

とりあえず笑ってごまかしてみせる。本田君はまっすぐに私の目を見つめていて、恥ずかしかった。

どうか冗談でありますように……。

そう願いながら、胸の鼓動《こどう》を落ち着かせようと必死。赤くなっているのはバレバレだろうけど、気づいていないフリをして笑い続けた。

「はは、冗談……か」

そう言って傷ついたように悲しげに笑う本田君。さっきまでの笑顔とは違って、とってもさみしそう。

なんでそんな顔をするの……？

なんだか悪いことをしてしまったようで、胸の奥がギュッと締めつけられて苦しい。

「そ、そうだよ！　そんなことは本気で好きな子に言うもんでしょ？」

本田君の目が見れない。だけど口は勝手に動いた。

「じゃ、じゃあ、私は用事があるから帰るね！　またねー！」

なんだか申し訳なくて、これ以上一緒の空間にいたくなかった。

逃げてしまった最低な私。でも、そうすることでどこかホッとしている私もいる。

立ちさる時にチラッと見えた本田君の顔は、口角《こうかく》を上げて無理して笑っているようだった。

走っていると次第に息が切れてきて、教室にたどりついた時にはマラソンで完全燃焼したかのように疲れていた。

「はぁはぁ……」

体力だけは自信があるのに、こんなに疲れているのはなんでだろう。胸がドキドキと速く大きく動いている。

それは、走ったせいだよ。うん……絶対にそう。それ以外にドキドキする理由なんてあるはずがない。

呼吸が一定になってきたところで、カバンを持って教室を出た。学校から家までは歩いてすぐなので、足早に校門を出て帰路につく。

私の家は駅の近くにあるマンションで、そこから徒歩五分くらいの場所に繁華街があり、カラオケやゲームセンターなど学生が遊ぶ所がたくさんある。

少しガラが悪いのが難点だけど、それでもとくに今までトラブルに巻き込まれたことは一度もない。

マンションのオートロックを解除してエレベーターに乗って十階へ上がる。

私の高校入学と同時に、お父さんの転勤でこのマンションに引っ越してきて一年ちょっと。

お父さんとのふたり暮らしにはだいぶ慣れたけど、この土地にはいまだに馴染《なじ》めていないような気がする。

そういえば……。

さっきは本田君に気を取られて忘れてたけど、どうして今さらあんな夢を見ちゃったんだろう。

もう思い出したくない、過去の出来事。頭に浮かんでくるのは、大好きだった人の笑顔。

あんなに最低な別れ方をしたのに、しつこいくらいにまだ引きずってしまっている。

もうどうにもできないってわかってはいるけど、心のなかに住みついて消えてくれない。

「はぁ」

気分がどんより沈んでいく。ネガティブな自分は大嫌いだから、昔はなにがあってもへこたれたりしなかったのに、メンタルが弱くなったなぁ。

「ダメダメ、こんなんじゃ！」

活を入れたところで、自宅の部屋の前にたどりついた。玄関のドアを引いてみるけど、鍵がかかっていて開かない。

当たり前か、とひとりで小さく苦笑い。

「ただいまー」

そう言っても返事はない。

四人姉妹の末っ子の私は、つい一年前まで、お姉ちゃんたちと一緒にみんなで暮らしていた。

でもお父さんの転勤が決まったことがきっかけで、家族みんながバラバラにならざるを得なかった。

一番上のお姉ちゃんは社会人として働いていて、二番目と三番目のお姉ちゃんはそれぞれ大学生でひとり暮らしをしている。

お母さんは私が中学一年生の時に病気で亡くなった。

お姉ちゃんたちと暮らしていた時は気がまぎれたのに、ひとりでボーッとする時間が増えるとつい思い出して、ツラくなってばかり。

制服のまま部屋のベッドにゴロンと横たわる。目の前に見えるのは、真っ白な天井。私の部屋は八畳ほどの広さで、大きな家具はベッドとテレビとローテーブルとタンスだけ。

ゴチャゴチャしているのが嫌いだから、部屋の中はとても綺麗でスッキリしている。前はお姉ちゃんと相部屋でケンカすることも多かったけど、広い部屋にひとりぼっちはとてもさみしい。

「あーあ、退屈だなぁ」

なにか楽しいことはないかなぁ。

ファッション誌をパラパラめくりながら、流行《はや》りのトレンドを流し見する。でもそれもすぐに飽《あ》きてしまった。

ゴロンと寝返りを打ち、ふと頭によぎったのは本田君のこと。

本田君の傷ついたような顔が頭に焼きついて離れない。

かわいいだなんて、私をからかっただけなんだよね？

うん、きっとそう。本気なわけがない。というよりも、冗談じゃなきゃ困るよ。

自分に何度もそう言い聞かせて、それ以上は考えないようにした。


次の日、校門をくぐると、靴箱まであと少しというところで自然と足が止まった。

朝の登校時間のゴールデンタイムで玄関はとても騒がしい。そのなかで見つけてしまった本田君の姿。昨日は野球部のユニフォームだったけど、今日は見慣れた制服だ。

うちの学校は男子は学ランで、女子は紺のブレザーと青のタータンチェックのスカート。そして胸もとにはワインレッドのネクタイ。

入学してから知ったけど、女子の制服がかわいくて、それ目当てで入学してくる人も少なくないんだって。

「草太ー、はよーっす！」

「おう、おはよ」

「本田君、おはよう」

次々とやってきたクラスメイトが本田君に声をかけるのをぼんやり見つめる。

本田君は笑顔でみんなに挨拶《あいさつ》を返していた。クラスでも人気があって男女問わず慕《した》われている本田君。友達も多くて、ほかのクラスの人とも仲よくしている姿をよく見かける。

背が高くてスタイルもいいし、そのうえイケメン。ウワサによると、すごくモテるらしい。

「柳内さん、おはよう」

距離があるのに本田君は立ち止まっている私のほうを見て、にっこり笑った。

「あ、お、おはよう」

まさかそうくるとは思っていなかった私は、焦って声が裏返った。

「そんな所でボーッとしてないで、こっち来れば？」

「え？　あ、うん」

笑顔の本田君に手招きされて、私はゆっくり足を動かす。

昨日のこと、謝《あやま》ったほうがいいのかな。どうしよう。でも、このままだと気まずいし。なによりどういう顔をすればいいのかわからない。

「あの、えっと。昨日はごめんね」

「なんだよ、改まって」

「いや、逃げるように帰っちゃったから」

「べつに気にしてないよ」

「え？　あ―」

そうなんだ？

それならよかった。

正直、今日は本田君と顔を合わせにくかったから、なんだかすごくホッとした。

本田君は何事もなかったかのようにあっけらかんとしているし、私が思っている以上に気にしていなかったってことか。

とにかく、よかった。

それに、やっぱり昨日のことは冗談だったんだ。傷ついているように見えたのは、私の思い過ごしだったのかもしれない。

そうだと確信したら、モヤモヤしていた心が一気に晴れやかになった。

「柳内さんって、身長何センチ？」

「え、なに突然」

「いやー、チビだなぁと思って」

「なっ！」

チビって。

そりゃそうだけどさ、気にしてるんだからそんなにはっきり言わないでー。

本田君って、爽やかに見えて意外とズバズバものを言うんだな。

「一五〇センチだけど、なにか？」

「うわっ、すげー！　俺と二八センチ差！」

至近距離で上から本田君に顔を見つめられた。その顔にはからかうような笑みが浮かんでいる。本田君はチワワみたいに目がクリクリしていて、図体《ずうたい》はでかいのにかわいい。

「ううっ。五センチでいいから、その身長をわけてほしいよ」

昔から小柄な私は、背の高い人にとてつもない憧れがあった。チビで童顔だし、いつも年齢以下に見られてしまう。少しは大人っぽく見られたいのに、この身長がいつも邪魔をする。

「俺は好きだけどなー、柳内さんくらいの小柄な子。かわいいと思う」

「も、もう！　またそんなこと言ってー！」

本田君って、実は天然で女たらしなんじゃないかな。そんなことを言われたら、誰だってドキッとするよ。

「はは、まぁ、柳内さんはそのままでいいんじゃね？」

「そのままでって、人ごとだと思ってー。身長が低いこと、わりと気にしてるんだからね」

なんだか本田君にはズバズバ言える。素の自分が自然と出てしまう。

同じクラスなのに別々に教室に行くのもどうかと思い、流れ的にそのまま本田君と並んで歩いた。二年生の教室は校舎の二階にあって、階段を上がって廊下のつき当たりが一組で私たちのクラスだ。

「柳内さんってスマホ持ってる？」

「もちろんだよ」

「あとで番号教えてよ」

「え？」

「あ、えっと。ほら、もしなにかあった時、連絡先を知ってたほうがなにかと都合がいいこともあるだろ？」

そういうもん？

「うん、いいよ」

そんなたわいない会話をしながら歩く。

始業前ということで、どの教室もガヤガヤと活気づいていた。

四組から一組まで順に並んだ教室。階段をはさんで反対側に五組から八組の教室がある。

三組の教室の前を通った時、うしろのドアが突然開いて中から人が出てきた。

「わっ」

ぶつかってしまい、ビックリして思わず声が出た。私の小さい身体は簡単にうしろへよろける。

だけど本田君が支えてくれたから、なんとか転ばずにすんだ。

「あ、悪い」

その声を聞いた瞬間、心臓が大きく飛びはねた。恐る恐る顔を上げて、そこにいた人と目が合いドキリとする。

なんで……よりによって。

派手な茶髪に制服をゆるく着崩《きくず》した男子の名前は、三上太陽《みかみたいよう》。私の元カレだ。

目が合うだけで、私の意識の全部をもっていかれる。

まるで私だけが世界に取りのこされているような感覚。別れてもうすぐ一年が経つというのに、まだちゃんとできない。

「なんだ、亜子かよ。大丈夫か？」

太陽はまるで何事もなかったかのように、私に笑いかけてくる。人懐っこくて、いつも笑顔で、太陽は昔からそういうヤツだ。

別れた当初はぎこちなかったけど、今ではすっかり普通に戻った。私と会って気まずいとは思わないらしい。

そりゃそうか、私だけがまだこんなにも意識している。太陽はきっと、そのことにすら気づいていない。

普通にしなくちゃ、普通に。私がまだ意識しているなんて思われたくない。

「相変わらずボヤッとしてんのな」

太陽は私と目を合わせるように屈んで顔を覗き込んでくる。その顔には満面の笑み。

お日様みたいに明るくて、まぶしい笑顔。

太陽の笑顔は、いつも私の心を明るく前向きにしてくれた。その笑顔が……好きだった。大好きだった。

でも今は、その笑顔を見てもツラいだけだよ。

「ボヤッとなんてしてないよ。太陽こそ、不注意に飛びだす癖《くせ》、直ってないよね」

太陽の目を見て、私は笑った。ツラい時に笑うことで、元気になれる気がする。

「なんだと、このヤロー」

冗談っぽく笑いながら、軽いチョップを私の頭にお見舞いしてくる太陽。手がチョンと頭のてっぺんにふれた。

そういえば、いつもこんなノリだったなぁ。懐かしさがこみあげて、胸の奥がキュッと縮まる感覚がした。

なんだか顔を見られたくなくて、とっさにうつむく。

それを悟られないように「もう、やめてよー」って私も冗談っぽく返した。

うん、大丈夫。ちゃんと笑えている。なんの問題もない。

「じゃあ、私はもう行くから」

最後まで笑顔で手を振って太陽のそばから離れる。私が歩きだしたのを見て、本田君もうしろからついてきた。

あっという間に隣に並んだ本田君は、なぜだか真顔《まがお》でこっちを見ている。

その視線は私の心のなかを見透かしているようで、すごく気まずい。

でも、でも、私……。

「ちゃんと……笑えてたよね？」

大丈夫だったよね？

「へ？　あれで笑ってたつもり？」

本田君はキョトンとしてそんなことを言う。クリクリの目がまん丸く見開かれて、さらに大きくなっている。

「笑ってたよ、笑ってたじゃん！　とびっきりの笑顔だよ」

「どこがって感じ。柳内さんは誰にでもいい顔しすぎだし、無防備すぎるだろ。ヘラヘラして、バカみたい」

なぜだかムッとしている本田君。

誰にでもいい顔しすぎで無防備。ヘラヘラして、バカみたいって……べつにそんなつもりはないんだけどな。

「隙《すき》がありまくりで見てらんねーし、あんなヤツに手まで振るとかありえない。八方美人だよな、柳内さんって」

きっぱりそう言いきられた。なんだか本田君の言葉にはトゲがあって、責められているように感じてしまう。

それと同時にわきあがる感情。

「そうだよ、バカだよ。でも……まだ、好きなんだもん。それにね、ほとんど話したこともない本田君に、そんなこと言われたくないよ！　本田君は私のなにを知ってるの？」

なんだか無性にイライラした。よく知りもしない人に、そこまで言われたくない。

勝手なことばっかり、言わないでよ。

「私のことをなにも知らない人が、知ったようなことを言わないで！　そういうのが一番嫌いなんだから！」

廊下で大声を出したせいで、あたりがシーンと静まり返った。でも、そんなの関係ない。言わなきゃ気がすまなかった。

そうだよ、本田君に私のなにがわかるっていうの。

なにも知らないくせに。

言うだけ言ってダッシュで教室に入った。本田君の顔は見れなかったけど、ビックリしていたと思う。

本田君が悪いんじゃん。

いつもヘラヘラしている私でも、あそこまで言われたら傷つくよ。それに、どうしてあんな言い方をされなきゃいけないの。

私って……本田君に嫌われているのかな。

机に突っ伏してひとりの世界に入る。

本田君のことを考えるとモヤモヤが止まらなくなった。だから、必死でべつのことに心を向ける。

本田君なんて、もう知らないんだから。

べつのこと、べつのこと。さっきのことは気にしない。本田君が勝手に言ってるだけのことなんだから。

一組と三組。太陽とはクラスが近いこともあって姿を見かけることが多い。そのたびに気まずくて隠れたり、目が合った時は仕方なくさっきみたいに笑顔を浮かべる。

好き……だから。

よく思われたいから。自分でもバカだって思うけど、そうしなきゃツライんだもん。

チャイムが鳴って先生が教室に来るまでの間、私は机に突っ伏してやりすごした。

窓際の一番うしろが私の席で、本田君は廊下側の一番うしろの席。今はただ、席が離れていることにホッとしつつ、本田君のほうを見ないように前だけを見続けた。

私は悪くない。

悪く……ないんだ。

俺、あきらめないよ

「はぁ」

ひとりで食べるお弁当は味気なくて、あまり食が進まない。教室では息が詰《つ》まるので、お昼は毎日中庭の木陰にあるベンチで休憩《きゅうけい》するようにしている。

同じクラスに友達と呼べるような人はまだいなくて、友達になろうとがんばって声をかけてみるけど、もう完全に輪ができてしまっていて、今さら入れるような雰囲気《ふんいき》じゃない。

人見知りなわけでも愛想がないわけでもない私は、中学生になるまでは男女問わず誰とでも仲よくできるタイプだった。

異性の友達も多くて、毎日学校に通うのが楽しくてみんなで笑っていたような気がする。

でも中学生になってからは、周りの女子たちがへんに男子を意識して避けるようになって……。

いつものノリで変わらず接していた私のことを、ブリッ子と言うようになった。

『わざと声を高くして、イケメン男子狙ってるのがバレバレー！』

『友達面して、アピールがすごいよね』

『自分のことを名前で呼ぶところも、ブリッ子の証拠だよ』

『だよねだよね、亜子ってほんっとウザい！』

『ムダにオシャレしちゃってさー！　チビのくせに』

友達だと思っていた女子たちから陰口を叩かれていたと知った時は、心が凍《こお》った。

一瞬なにが起こったのか理解できなかったけど、時間が経ってようやくわかった時はショックで涙が止まらなかった。

それからはできるだけ男子との関わりを避けるようになって、気づけばひとりでいることのほうが多くなっていた。

なかには心配して声をかけてくれる男子もいたけど、それを見た女子からまた陰口を言われた。

最初は立ちなおれないくらいショックだったけど、慣れって怖い。

中学を卒業する頃には涙も出なくなっていた。それに、心も少しだけ強くなった気がするんだ。

その証拠に、少々のことでは泣かなくなった。

人のことを陰でコソコソ言う人には負けたくなくて、なにを言われてもいつも笑顔でいた。

そうすれば、勝ったような気になってみじめじゃなくなる。自分のことをかわいそうだと思わなくてすむ。

だから私はいつもヘラヘラ笑っていた。

それが今でも板についていて、なかなか抜けない。

だって、笑っていない私は、みじめでかわいそうだから。

そんな私の気も知らないで、本田君は……。

って、また思考が本田君に向いてしまう。

でも。

「ちょっと、言いすぎちゃったかな……」

今さら少しだけ後悔している私。いつもなら、あんなことを言われてもヘラヘラ笑っていたはずなのに。

どうしてできなかったのかな。

さっきの私は、いつもの私じゃなかった。

それは……認めたくないけど、本田君に核心《かくしん》をつかれたからだ。

「はぁ」

途中で食欲がなくなってしまい、食べかけのお弁当箱のふたをそっと閉じた。

校舎に戻ろうと立ちあがり、中庭からプールを横切った。快晴の空からは、まぶしいほどの日差しが降りそそいでいる。

「おーい、柳内さーん！」

まぶしさに目の前が真っ暗になった時、どこからか私の名前を呼ぶ声がした。

キョロキョロとあたりを見回してみると、プールサイドからこっちに向かって手を振る人の姿。

「こっち来いよー！」

なんてのんきに笑いながら、何事もなかったようにヘラヘラ笑っている。そんな本田君のことがよくわからないと思いつつも、手招きされてついついプールサイドへと向かう私。

フェンスの扉をくぐって、中へと入る。本田君は太陽の下でとてもうれしそうに笑っていた。

「なんでそんなに笑ってるの？」

っていうか、どうして普通にしていられるの？

「柳内さんのマネ」

「…………」

「っていうのは、冗談で」

私が無言で返したのを見て、本田君はテヘッと顔を崩して笑った。

なんなんだろう、この人は本当に。

「朝はごめん」

さっきまでとは打って変わって、とても真剣な表情。綺麗に整った凛々《りり》しい眉に思わず目がいく。右の眉尻《まゆじり》に小さなホクロがあって、それがやけに色っぽく見えた。

まっすぐに私を見つめるその瞳。

「つい感情的になって言いすぎた。冷静になって考えたら、すっげー傷つけるようなことを言ったなって……後悔したんだ」

深く深く、これでもかというくらい本田君は私に向かって頭を下げた。

ん？

「どういうこと……？」

わけがわからないよ。だって、感情的になって言いすぎたのは私のほうで、本田君は言い方はどうであれ間違ったことは言っていないのに。

「見ててバレバレだったよな？　元カレに嫉妬《しっと》してんのが」

頭を上げた本田君は、バツが悪そうな表情を浮かべて私の顔を上から見下ろす。その顔はなぜか、ほんのり赤い。

「え……」

嫉妬？

なに、それ。そんなの、知らない。なにを言ってるの。

「どういう、こと？」

「うん、やっぱちゃんと言わないと伝わらないよな。とくに柳内さんには」

ははっと小さく笑ったその表情は、どこか緊張しているようで、動きがぎこちない。

「そりゃ、そうだよ。言ってくれなきゃ、わかるわけないじゃん」

意味がわからないよ。

「柳内さんのことが好きだって言ったらどうする？」

時間が止まるって、きっとこういう時のことを言うんだ。

「わりと前から、柳内さんのことが好きだった」

え……。

「……っ」

なんて言えばいいのかな。いい返事が浮かばない。

どうしよう、どうしよう、どうしよう。

いきなりの衝撃に頭が真っ白で、ただ目をパチクリさせることしかできない。

「一年の時、柳内さんが三上と付き合ってたのも知ってる。別れたことも……」

そう言って本田君はさみしげに微笑んだ。

「だから朝は三上と仲よくしてる姿についイラついて、あんな言い方したんだ。マジで悪かったと思ってる」

申し訳なさそうに眉を下げて、本田君は私から目をそらさない。

「柳内さんを怒らせるつもりはなかったんだ。ほんとにごめん」

やめてよ、そんなに潤んだ目で見ないで。私が悪いみたいじゃん。

それに……。

「こ、困るよ、そんなことを言われても……」

「困るって、俺の気持ちが？　それとも、どんなに言われても許せないってこと？」

「そ、それは、私もムキになって言いすぎちゃったし、お互いさまだから……あの、その、本田君の気持ちには応えられないと言いますか、いきなりすぎてビックリしてる」

「はは、まぁそりゃ突然だったし。でも、昨日ので察してくれてるかなぁとは思ってたけど」

本田君はどうして笑っていられるんだろう。私に気をつかわせないように？

気まずくならないようにしてくれているのかな。でもなんだかソワソワしてしまう。

告白なんてされたのは初めてだから。少しだけドキドキしてるのも、こんな状況だから。

「ごめん、なさい、私は……誰とも恋愛するつもりはないから」

今度は私が深く頭を下げた。本田君の顔は怖くて見れない。自分がどういう顔をしているのかもわからない。

でもきっと、私はすごく困ったような顔をしているんだと思う。

だって、冗談であってほしかった。

本田君が一歩、また一歩と私へ近づく。かなしばりにあったように動けなくて、呆然と立ちつくしていた。

どうしよう、なんだか気まずい。

お願いだから、なにか言ってよ。

本田君は今、どんな顔をしているんだろう。

気になって恐る恐る顔を上げると、本田君はにっこり微笑んだ。

そして──。

「俺、あきらめないよ。絶対に振り向かせてみせるから」

──ドキッ。

なに、ドキッて。意味わかんない。ありえない。

それに、本田君はどうしてそんなに自信たっぷりに笑ってるの？

断ったんだよ?

ふったんだよ?

それなのに……。

「まずは友達からってことで、よろしく」

「え、いや、でも……」

「友達もダメとか? それ、かなりきついんだけど」

そう言ってさみしそうに笑う本田君。

そんな顔をされたら、罪悪感が芽生《めば》えてしまう。

そんな顔で笑わないでよ。

「ダメじゃ、ないよ……」

あー、私のバカ。本田君に悪いから、期待させるようなことは、しないほうがいいのに。

ついつい、負けてしまった。

「よっしゃ」

本田君はガッツポーズをしている。そんなにうれしそうにされたら、なんとなく恥ずかしい。そして、とても複雑だ。

「とりあえず、第一関門はクリアだな」

ただの友達だよ？

なにがそんなにうれしいの？

どうして笑っていられるの？

本田君という人がよくわからない。

だってもし私が本田君の立場なら、ふられた時点で落ち込んでしまう。

実際、初めて太陽に告白してふられた時も、かなりショックを受けてしまい、しばらくは立ちなおれなかった。

それなのに……。

「本田君のこと……もっと爽やかな人だと思ってたよ」

「爽やか？　俺が？　ありえねー！」

お腹を抱えて大笑いする本田君は、クリクリだった目が三日月のように細くなってかわいらしい。

意外とおしゃべりだし、強引だし、失礼なこともズバズバ言うし、まっすぐだし。

こんな私を好きだと言う。

本田君のことが本当によくわからない。

三日後、放課後のプールサイドに私はいた。体操服に着がえて裸足になり、準備は万端《ばんたん》。

「ほーんと、本田君っていいかげんだよねー!」

「仕方ないだろー、俺だってプール掃除の日にちをはっきり知らなかったんだから。つーか、柳内さんだって把握してなかったしな」

デッキブラシを持った本田君が、柄《え》に顎《あご》を乗せながらふてくされている。でもなんだか、その横顔はゆるんでいる。

告白されたあとも本田君とは気まずくなることはなく、むしろ前より距離が近くなったかもしれない。

それは自分でも意外だった。

だけど、本田君といると飾らずにすむからとても楽だ。

このまま友達でいられたらいいのに。

ずっと、このままがいいよ。そう、ずっと。なにも変わらなければいい。

プール掃除担当の先生の声がして、それまでバラバラに集まっていた生徒たちが一箇所に集まった。

「おーい、集合！」

全部で十数人ほどで、学年もクラスも違う私たち。同じクラスからは、本田君と私、そして本田君の友達の高木《たかぎ》君がいる。

高木君は茶髪のイケメンで、チャラチャラしていてかなりの遊び人というウワサがある。制服を着崩して派手な高木君は、本田君とは正反対なのに、このふたりはなぜだかすごく仲がいい。

聞けば中学からの仲なんだとか。

「あー、プール掃除ダリー。この俺様がなんでこんなこと……」

ブツブツ言いながら、デッキブラシを動かす高木君。プールの中は足首まで水があって、中は苔《こけ》やいろんな汚れが混ざりあってヌメヌメしている。

うー、気持ち悪いよ。

苦手なんだよね、ヌメヌメって。

だけど授業中にスマホをいじっていた私が悪い。運悪く見つかっちゃったし。

「亜子ちゃんも、女子なのに大変だな。ちゃんと日焼け止め塗ってきた？」

「え……？」

いきなり話を振られてビックリした。それに、高木君とはほとんど話したこともないのに、いきなりちゃんづけの名前呼びとか。

目が合うと高木君はにっこり笑った。甘めのベビーフェイス。小顔でスタイルもよくて、おまけにオーラがすごい。モテオーラというか、イケメンオーラというか。

とにかく、アイドル並みに整った顔をしている。

「日焼けは女子には大敵っしょ？　将来のためにも、ちゃんとケアしないと」

ウインクしながらそんなことを言う高木君は、女子の扱いにすごく慣れている。

遊び人っていうウワサは、あながち間違いじゃないのかも。

「聞いてる？　亜子ちゃん」

「え？　あ、うん」

「亜子ちゃんって、いっつもボーッとしてるよな」

「そ、そんなことは……」

ない、と言おうとして口を閉ざした。

そういえば、前にも同じことを言われたよね。そんなにボーッとしているように見えるのか。

その通りなんだけど、あんまり自分では認めたくない。

「おい、口ばっか動かしてねーで手を動かせよ」

どこか不機嫌《ふきげん》そうな本田君の声が飛んできた。

「おーい、亜子ちゃん。言われてるぞー」

え、わ、私？

本田君、私に言ったの？

「ご、ごめんね！　ちゃんとやるから」

あわててデッキブラシを動かす。水を含んだそれは、重くてとても動かしにくい。

「いや、柳内さんに言ったんじゃなくて。拓也《たくや》、おまえだよ」

そう言いながら高木君の首に腕を回して、ヘッドロックをしかける本田君。

「うわ、バカ。おま、やめろって」

「うっせー」

「妬《や》くなよ、ちょっと話しただけだろーが」

「だまれ」

「マジでおまえは亜子ちゃんのことになると必死だな」

な、なにを言ってるの。やめてよ。本田君はきっと、そんなつもりで言ったんじゃない。

「ああ、必死だよ」

「ぷっ、認めやがった」

「笑うなっつーの」

どんな反応をすればいいかわからなかったから、私は聞こえないフリをしてデッキブラシを動かし続けた。

こういうあからさまなのは、正直困る。

「本田君、なに赤くなってんのー?」

「ほんとだ、まっ赤だね。なにかあったの?」

じゃれあっているふたりのそばに近寄ってきたかわいい女子ふたり。

「べ、べつに赤くなってねーよ!」

「またまたー、なに照れてんの?」

「照れてねーし」

そう言って本田君がこっちをチラ見した。その顔は誰がどう見ても赤い。

「私、あっちのほう掃除してくるね!」

気まずい空間から逃げるようにしてその場を離れる。暑いのもあって、なんだかクラクラした。

それにふたりと一緒にいると、女子からの視線がひしひしと突き刺さって居心地が悪かった。また陰口を言われるのが嫌だったし、ふたりと一緒にいることで目立ちたくもなかった。

強くなったと思っていたのに、中学の時のことがトラウマになっているのかもしれない。

ひとり黙々と作業をしながら、遠くにいる本田君をチラ見する。さっきの女子やほかのクラスの男子に囲まれて、本田君は笑っていた。

「草太、水飛ばすなよ!」

「ははっ、まいったか」

「もう！　やめなよ、子どもっぽいんだから」

「最初にしてきたのは拓也だからな。やり返さないと気がすまねー」

デッキブラシを振りまわす本田君は、無邪気な笑顔でとても楽しそう。

子どもっぽいところもあるんだなぁ。

いろんな人に囲まれて人気者だし、本田君にはそこがお似合いだよ。

私なんて似合わない。

本田君の周りにはかわいい子がたくさんいるのに、どうして私なの？

いまだにあの告白は信じられなくて、冗談だって言ってくれれば納得できる。

「こらー、なにを遊んでるんだ！　真面目《まじめ》にやらないか！」

先生の怒声《どせい》が飛んできて、本田君たちの悪ふざけはそこで終了。

「それにしても、暑いっ」

広くて大きなプール。十数人でやっても、まだ半分の面積くらいしか掃除し終わっていない。

うちの高校には水泳部があるわけでも、プールの授業があるわけでもないのに、どうして掃除しなきゃいけないの？

それにしても、今日の暑さは異常じゃない？

汗がダラダラ流れおち、目に入って痛い。

みんな何人かで掃除して楽しそうだし、ひとりぼっちでいるのは私くらいだ。

二年生になってから友達と呼べる人はまだいない。一年生の時に仲がよかった子は何人かいるけど、クラスが離れてからはそれっきりなんだよね。

特別仲よしってわけでもなかったし……なんとなくだけど、よく思われていなかったような気がする。

人間関係って難しいよね。とくに女子は男子が絡むとややこしくなる。それは中学の時に嫌というほど思いしった。

高校生になってからも、太陽に猛アピールする私のことをうっとうしく思っていた女子は多いはず。

あの時は太陽のことが好きで仕方なくて、周りの目なんて気にしてなかった。ただ振り向いてほしくて必死だった。

こうと決めたら猪突猛進《ちょとつもうしん》で、相手の意見を聞かないのが私の悪いところ。

あとになってから後悔しても遅いのに、目の前のことしか見えなくて。不器用にしか生きられない。

ねぇ、本田君。

こんな私のどこがよかったの?

いくら考えてみても、好きになってもらえる要素なんてひとつもない。

ふつふつとわく疑問を胸に抱えながら、ひたすら手を動かした。そしてようやくプール掃除が終わったのは、それから四十分後のこと。

あたりはオレンジ色に染まってすっかり夕方になっていた。

「おつかれ」

日陰で汗をぬぐっていた私の前に、本田君がやってきた。本田君の髪の毛や体操服も、同じように汗で濡れている。

体操服の袖を肩までめくりあげ、しなやかな筋肉がついた腕があらわに。さすが野球部なだけあって、力強そうな腕をしている。

さらには、体操服を掴《つか》んでお腹に風を送っている本田君の腹筋《ふっきん》は綺麗に割れていた。肩幅もがっしりしているし、見た目はまったく子どもっぽく見えない。

「おつかれ様」

「ナベちゃん先生がジュースおごってくれるって。なにがいい？」

「わ、やった。冷たいのが飲みたかったんだよね。えーっと、緑茶がいいな」

「うん、じゃあ一緒についてきて」

買ってきてくれるんじゃないんだ？

「俺ひとりで全員分は持てないからさ」

「そっか、そうだよね。ひとりでは無理だよね。わかった、手伝うよ」

「サンキュー」

それから本田君と一緒に自販機へと向かった。するとうしろから足音が聞こえて、その人はあっという間に本田君の隣に来た。

「あたしも手伝うよ！」

かわいく笑いながら、黒髪のポニーテールを揺らす綺麗な女の子。スラッとしていて小顔で、モデル並みに整ったスタイルと容姿《ようし》をしている。

隣のクラスのその子は学年でもすごく人気がある野球部のマネージャーの、沢井実花《さわいみか》さん。

「いや、俺らふたりで大丈夫だから」

「えー、そんなこと言わずにさぁ！　一緒に行こうよ、ほら」

さりげなく本田君の手を取って、引っぱる沢井さん。明るくて無邪気な笑顔がとてもかわいい。

「ちょ、やめろって。引っぱるなよ」

「いいじゃん、早くー」

沢井さんに引っぱられるようにして、ふたりは私から離れていく。

その場から動けずにいると、ふとうしろを振り返った沢井さんと目が合って、それまで笑顔だったのにあからさまににらまれてしまった。

だけどすぐにプイと顔をそらし、さらにきつく本田君の腕に自分の腕を絡めて歩いていく。

ど、どうしよう。

沢井さんはどう見ても本田君に気がありそうだし、邪魔しちゃ悪いよね。

それに沢井さんに目をつけられてしまうのも嫌だ。できるだけ穏便《おんびん》に平凡に過ごしたい。

だから私はプールサイドへと引き返した。すると高木君が私のもとへやってきて

「沢井に邪魔されたかー」と苦笑する。

「べつに私と本田君はなにもないんだからね。それに、私より沢井さんとのほうがお似合いだよ」

「そんなこと言うと、草太がへこむぞ。アイツ、亜子ちゃんにベタ惚れだから」

からかうように笑って、そんなことを言う高木君。

「や、やめてよ」

「アイツ、思ったことズバズバ言うし失礼なところもあるけど、いいヤツだよ」

「そ、それは……」

そうなのかもしれないけど。

「なんでもないフリしてるけど、亜子ちゃんにふられたことで相当へこんでると思う。だから、優しくしてやって？　な？」

「……っ」

そんなこと言われたって、どうすればいいのかわからない。優しくって言われても、無理だよ。期待させてしまうことになるし、悪いもん。

じゃあ、いったいどうすればいいの？

「高木君は、自分に告白してきた女の子と仲よくできる？　好きになれないのをわかってて、その女の子に優しくできる？　私には難しいよ」

「俺？　まぁ俺はそんなのべつに気にしないタイプだから誰とでも仲よくできるけど。草太はマジでいいヤツだから、そのよさが伝わればいいなぁってね」

なんだかんだ言いつつ、高木君と本田君は仲がいい。

「私、本田君の気持ちがよくわかるんだよね」

「草太の気持ち？」

「好きな人に告白してふられる気持ち。元カレの時がそうだったの。すごく……好きだったから」

だから、本田君の気持ちが痛いほどよくわかる。太陽のことを思い出して、胸がギュッと締めつけられた。苦しくて、切なくて、どうしようもないほどのさみしさがこみあげてくる。

「だから、本田君に対して中途半端なことはしたくなくて」

「今でも好きなの？　そいつのこと」

「そ、そんなわけないじゃん！」

「はは、そんなムキになって言い返さなくても。亜子ちゃんって、意外と真面目なんだな。まぁでも、時間の流れとともに人の気持ちも変わるんだしさ。あんまり深く考えずに、普通にしてやってよ」

優しくしてやれって言っていたかと思えば、今度は普通にって。コロコロ変わる発言に、ついていけない。

だけど思っていたよりも真剣に話を聞いてくれた高木君の言葉は、妙に説得力があった。

「この先、草太のことでなにかあったら、相談に乗るからなんでも言ってよ」

「いや、高木君にだけは言わないよ。誰にでも言いふらしそう」

「は？　俺、こう見えても口は堅《かた》いほうだよ」

自分でそんなふうに言っちゃうところが、ますます怪しい。

ワイワイ言っているうちに、飲み物を買い終えた本田君と沢井さんが戻ってきた。

私に緑茶を手渡しながら「さっきはごめんな」と、申し訳なさそうに謝る本田君。

その横には沢井さんがピッタリはりついていて、敵意むき出しで私を見ている。

なにかをした覚えなんてないのに、沢井さんは私のことをよく思っていないような気がする。

いつもそう、私はなぜか女子に嫌われてしまう。

お茶を飲んで喉《のど》を潤《うるお》し、教室に戻った。当たり前だけど、放課後の教室には私たち三人以外に誰もいない。

「じゃあ、私は帰るね。バイバイ」

「あ、待って。途中まで一緒に帰ろうぜ」

「え？」

「友達として、それぐらいはいいだろ？」

え、あ、まぁ、それぐらいなら。

断りきれなくて、思わずうなずいてしまった。

「じゃあ俺は先に帰るわ。気をつけてなー」

わざとらしい笑みを浮かべて、高木君が教室を出た。

シーンと静まり返る教室内には、夕日がさし込んで幻想的な雰囲気が漂《ただよ》っている。

「俺らも帰ろうぜ」

「あ、うん」

ふたりで教室を出て昇降口へと向かう。そこには沢井さんが待ちかまえていた。

「草太、一緒に帰ろう」

「さっきも言っただろ、無理だって」

冷たく淡々と言いはなつ本田君は、沢井さんをスルーして靴箱の前まで歩いていく。

「で、でも、草太と帰りたいんだよ」

「ごめん、無理」

さらに声を低くして、本田君がきっぱり言いきった。私の前で見せる笑顔はひとつもない。

「なん、で……っ。草太はいつだって、あたしには冷たいよね」

沢井さんは悔しそうに唇《くちびる》を噛《か》みしめて、さらには拳《こぶし》をきつく握りしめ、肩を震わせている。

本田君は無表情で、沢井さんの顔を見ようともしない。

「もう、いいよ。草太の、バカッ」

沢井さんの目には涙がにじんでいた。本田君の顔をキッとにらみつけたあと、駆け足で昇降口を出ていった。

見てはいけないものを見てしまったようで、とても気まずい。

きっと沢井さんなりにがんばってアピールしたんだよね。振り向いてほしくて必死なんだよね。

「いいの？　追いかけなくて」

「いいんだよ、期待させたくないし」

「そっか……」

期待させたくない、か。ってことは、本田君は沢井さんの気持ちに気づいているってことか。まぁでも、あれだけあからさまだったら普通は気づくよね。

「なんだか切ないな。沢井さんの気持ちが私にはよくわかるから」

「俺だってわかるよ。だからこそ、あえて冷たくしてるんだし」

「じゃあ、私も本田君に冷たくしようかな。中途半端なことはしたくないし」

思っていたことをポロッと口にしてしまった。ハッとした時には遅くて、本田君は困ったように笑っている。

それを見て、少しだけ後悔した。

だから本気だって言ってるだろ

六月に突入した。この季節は梅雨でジメジメするし、天気もよくないから気分が沈みがち。でも、これを乗りこえると夏休みが待っている。

でも暑いのは苦手。汗をかくとベタベタして気持ち悪いから。

だけど、夏そのものは嫌いじゃない。

「亜子ちゃんの好きな食べ物は？」

「納豆、かな」

「じゃあ、嫌いな食べ物は？」

「キュウリとピーマンだよ」

「へぇ、草太と一緒じゃん。って、おまえピーマンだけよけんなよ。ちゃんと食わねーと、育たないぞ」

お昼休みの中庭で、本田君と高木君との三人でお弁当を囲んでいる。

本田君はおかずのピーマンだけを器用に残して、お弁当箱の隅に押しやっていた。

それを見た高木君が呆れたように笑っている。

「もう十分育ってるから、いいんだよ」

「やらしーな。なにが育ってんだよ」

「身長に決まってるだろーが」

ニヤニヤしながらからかう高木君と、ムキになって返す本田君。ふたりは言いあいが多いけど、どこか楽しそう。

「ふたりって、ほんとに仲よしだね」

「まぁね。もう付き合いも長いし、お互いのことを知りつくしてる感じ？　草太のことなら、この俺になんでも聞いてね、亜子ちゃん」

「あはは、ありがとう」

高木君は気さくでとても話しやすい。ゆるいというか、軽いというか、誰にでも優しいというか、お調子者だから誰に対してもこんな感じ。

「なんで俺のことを拓也に聞くんだよ。俺に聞けっつーの」

本田君は意外とムキになるところもあって、子どもっぽい一面もある。

そもそもの始まりは、中庭でひとりでお弁当を食べていたところに本田君と高木君が偶然通りかかって声をかけてくれたこと。

きっと、ひとりさみしくお弁当を食べていた私を見て気をつかってくれたんだと思う。

「まぁ、草太はただの野球バカだからいいとして。亜子ちゃんの好きな男のタイプは？」

「好きなタイプ？　う━ん、そうだなぁ。思いやりのある人、かな」

「ふ━ん、思いやりねぇ」

ふむふむと納得したようにうなずきながら、高木君は本田君の脇腹《わきばら》を肘で小突く。

「なんだよ」

「聞いたか？　思いやりのある男が好きなんだって」

「言いなおさなくても、聞こえてるっつ━の」

「じゃあさ、ピ━マン残す男ってどう思う？」

「え？」

ピ━マン？

「はぁ？　ピーマンは関係ないだろ。柳内さん、真面目に答える必要ないから」

ジトっと高木君をにらむ本田君。

「いやいや、これからのおまえの人生がかかってんだよ？　ピーマンが食べられるようになるか、ならないかっていう」

「はぁ？　わけわかんねーことばっか言ってんじゃねーよ。うわ、柳内さんのその唐揚げおいしそう」

さりげなく話題を変える本田君。本田君の目は、私のお弁当箱の中の唐揚げを見てキラキラと輝いている。

あはは、子どもみたい。

「考えごとをしながら揚げてたらちょっと焦げちゃったんだよね。それでもよかったら、食べる？」

「え？　柳内さんが作ったの？」

本田君は目をまん丸くして私の顔を覗き込んだ。その目は「信じられない」と言いたげだ。

「私のうち、お母さんがいないんだよね。中一の時に病気で死んだの。だから、家事はほとんど私がしてるんだ」

「マジ?」

今度は高木君が驚いたような声を出した。

「なんか、ごめん」

「あは、なんで本田君が謝るの? 私、ドジだけど料理はわりと得意なんだよ。はい、唐揚げ、どうぞ」

にっこり笑いながら、お弁当箱を本田君の前にさしだす。

とまどいながら箸《はし》で掴むと、本田君はそれを口に入れた。

「うますぎ」

「わ、ほんと? うれしい」

「亜子ちゃん、俺も俺も」

「あ、うん。高木君もどうぞ」

「わーい、サンキュー。って、おい……!」

高木君にさしだしたはずの唐揚げが本田君に奪われて、あっという間に口の中へ。

「俺の唐揚げがー!」

「うっせー、おまえに食わせる唐揚げはない」

「ひでーな。亜子ちゃん、コイツどう思う？　最低じゃね？」

「あはは、高木君がボサッとしてるからだよ」

「うおーい、亜子ちゃんまでひでーし。この頃、俺の扱いが雑すぎない？　野球と亜子ちゃんにしか興味がない草太なんかより、もっと俺にも優しくしてよ」

あははと高木君の言葉を笑いとばす。

三人でのたわいないやり取りは、とても楽しい。ふたりが人の悪口を言っているのを聞いたこともないし、いつもくだらないことで笑っている。

「そういや、亜子ちゃんの夏休みの予定は？」

「え、予定？　とくになにもないけど、他校の友達と遊ぶくらいかな」

それにしても気が早すぎない？

まだ一カ月以上も先のことだよ？

「あ、もし時間があれば、草太の野球の応援に行ってやってよ。コイツ、野球バカなだけあってなかなかやるから」

「うん、いいよー！　私、スポーツ観るの好きだし」

「あ、あとさぁ、クラスのヤツらと花火しようぜ！　人数集めてるんだよな。もちろん、草太も参加するから」

「花火！　いいね、楽しそう！」

明るくて友達が多い高木君は、なにかを考えたり企画したりするのが大好きで、よくクラスの人たちを誘って遊んでいる。

夏のイベントは大好きだし、みんなで遊べたら楽しいだろうなぁ。

「あ、いけね。俺、ナベちゃん先生に呼ばれてたんだ！　ちょっと行ってくるわ」

高木君はそそくさと立ちあがり、足早に校舎の中へ戻っていった。慌ただしいというか、落ち着きがないというか、忙しい人だ。

「本田君は夏休みはどこか行くの？」

ふたりきりの空間は少し緊張するけど、もう慣れた。

「俺は毎日部活だよ。それより、俺、マジで柳内さんのことをなにも知らなかったんだな……」

「どうしたの、急にそんなこと言って」

うつむき気味に顔を伏せる本田君は、なんだかショックを受けているように見える。

「柳内さんのお母さんのこととか、家事をしてるとか……ポワンとしてるから、悩みなんてなさそうに見えたけど、大変なんだなって」

「あ、なんだ、そんなこと？　まぁ最初のうちは大変だったけどね。今はもう慣れちゃったよ」

なんでもないよというふうに笑いとばした。だけど、本田君は複雑そうな表情を崩さない。

「俺の前では、無理に笑わなくてていいから。柳内さんのこと、もっと教えてほしい」

ああ、どうして本田君には見抜かれちゃうんだろう。隠せないいんだろう。

「ホントはね、たまーにね、さみしくて泣きたくなることもあるんだ。私、四人姉妹の末っ子でかわいがられて育ったから……」

ほだされて、つい本音が出た。泣きたくなんかないのに、涙がジワジワと浮かんでくる。

本田君にはバレたくなくて、とっさに下を向いた。

大好きだったお母さん。優しくて、料理が得意で、いつでもどんな時も笑顔だった。でも、怒ると怖くて。

そんなお母さんは私の憧れだった。

「ひとりで家にいる時間が長いと、ついついお母さんを思い出しちゃって……って、ダメだよね、暗くなってちゃ」

さらにうつむくと、頭に軽い衝撃が走った。ポンポンと、優しく頭をなでてくれる本田君。大丈夫だよというように、私を包み込んでくれる。大きくてたくましい手のひら。

「さみしくなったら、俺を呼んで。いつでも、どんな時でも、絶対に駆けつける。柳内さんがさみしくないように、ずっとそばにいるから」

本田君の声はとても穏やかで、優しくて。それはスーッと私の胸のなかに、溶け込んだ。

どうしてこんなに優しくしてくれるの。

ダメだってわかってるのに、本田君の優しさに甘えたくなってしまう。

「って、よく知りもしないヤツに、いきなりそんなことを言われても困るだけだよな」

「ううん、そんなことないよ。あり、がとう」

私がそう言うと、本田君は口もとをゆるめて優しく笑った。

つい数日前まで話したこともなく、ただのクラスメイトだった本田君。

そんな本田君と今こうしてふたりでいることがいまだに信じられないけど、一緒にいると落ち着く。

「本田君って、優しいところもあるんだね」

「なに言ってんだよ、優しさしかないだろーが」

「えー？　そんなことないでしょ。結構ズバズバもの言うし」

「俺以上に優しいヤツがほかにいるかよ」

「高木君も優しいよ」

「アイツは誰にでも優しいけど、俺の場合は好きな子限定だから」

ドキッとしてしまったのは、本田君がいきなり真顔でそんなことを言ったから。恥ずかしげもなく、サラッと言うのはやめてほしい。

そんなにまっすぐな目で見ないでよ。

恥ずかしくて、どうにかなっちゃいそう。

握りしめた拳をスカートの上でさらにきつく握る。本田君の視線には熱がこもっていて、その顔はほんのり赤い。

心臓がドキドキして、へんに高鳴る。

「俺、これでも必死なんだよ。どうしたら振り向いてもらえるんだろうって」

「……っ」

そういえば私も、太陽に振り向いてほしくて必死だったなぁ。どうしたら喜んでくれるかな、興味をもってもらえるかな、好きになってくれるかなって、そんなことばかり考えていたような気がする。

ささいなことで落ち込んだり、太陽が笑ってくれるだけで気分が上がったり、私の世界の中心は太陽だった。

「俺の好きな食べ物はウナギで、嫌いな食べ物はチョコレートとピーマン。父ちゃんが草野球の監督をしてて、小学生の頃からずっと野球やってる。兄ちゃんと弟がひとりずついて、男三兄弟のなかで育ったんだ」

なぜかいきなり自分のことを語りはじめる本田君。

「趣味は野球で、昔からずっとピッチャーしてる。兄ちゃんと弟も野球やってて、一家そろって野球好きなんだ。得意な球は変化球。毎朝五時に起きて早朝ランニングを三十分と、素振りを三十分するのが日課かな」

「ご、五時？　すごいね」

それに、そんなに野球が好きだったとは。

「父ちゃんが体育会系だから、五歳の頃からやらされててさ。もう日常の一部だから、やらないと逆に身体がなまって大変なんだよ。再来週試合があるから、今は体力作りのために筋トレにも力入れてる」

「へぇ、だからそんなに筋肉がついてるんだね。引きしまってて男の子らしい身体つきだもんね。腹筋も割れてるし」

ストイックに自分を鍛《きた》える人は本当にすごいと思う。なにをやっても三日坊主《ぼうず》で終わってしまう私とは大違いだ。

「腹筋さわってみる？」

「え、いいの？」

「柳内さんだけ、特別に」

「やったぁ！」

変な意味はなく、単に腹筋にさわってみたかった。

「うわぁ、すごい。ほんとに割れてる！　私、割れた腹筋って初めて見た！」

すごーい！を連呼していると、本田君に笑われた。人差し指でツンツンお腹を突《つつ》いていると、くすぐったそうに本田君が身をよじる。

反応が面白くて、つい何度もツンツンしてしまった。

「柳内さんって、大胆なんだかそうじゃないのか、よくわかんないよな」

「そ、そんな、大胆だなんて！」

「腹筋さわってそんなに喜ぶのは、柳内さんだけだと思う」

本田君は今度はからかうように笑った。

仕返しにまたツンツンすると、本田君はビクッとなって肩を揺らす。

「俺、マジ腹弱いから」

「知らなーい、本田君がひどいこと言うからだよ」

「わ、ちょ、おい。マジやめろ」

ガシッと手を掴まれて動きを止められる。

そして上から顔を覗き込まれた。恨《うら》みのこもったような、でもそれでいて優しい眼《まな》差《ざ》し。

近くで見ると本田君のお肌はとてもキメが細かくて、張りがある。サラサラの黒髪が風に揺れて、私の頬に当たった。

じっとその目を見つめていると——

「あんま見んなよ、恥ずいだろ」

そう言ってプイと顔をそらす本田君。耳までまっ赤で、思わずふき出してしまった。

「あは、かわいいところもあるんだね」

「かわいいって言われてもうれしくねーし」

気に食わないのか、突っぱった言い方をしてくる。子どもっぽくて、さらに笑ってしまった。

掴まれた手にギュッと力がこめられて、そういえばふれたままだったなと実感する。

本田君の手は大きくて、骨張っていて、たくましくて。女子の私とは、全然違う。

「柳内さんにだけは、かわいいとか言われたくねー」

ムッと唇をとがらせて、まだすねているらしい。

冗談っぽく「機嫌直してよー！」と笑いながら、腕をブンブン振った。すると本田君は「子どもか！」と言いながら、への字だった唇をゆるめる。そして、私の手をそっと離した。

「俺、中三の夏くらいまでめちゃくちゃ身長が低かったんだ。それにこんな容姿だろ。みんなから『かわいい』って言われてさ。すっげー嫌だった」

「えー！　信じられない！」

だって今は見上げないと顔が見えない。身体つきだって、本田君はがっしりしているし。

「身長伸ばすために、毎日、神社で神頼みしてたんだ。そしたら中三の秋からどんどん伸びだして、今ではありあまってるくらい」

頭をかきながら、笑う本田君。意外と努力家で、まっすぐな芯が一本通っている。ブレない強さをもっていて、すごいな。

「本田君ってストイックというか、真面目というか。だから神様も味方してくれたのかもしれないね」

「俺、バカだから、願いがかなうまであきらめないんだよな。絶対にかなうって信じてたら、自然と全部かなってんの」

「すごーい！」

「あきらめない根性だけが人一倍なだけで、べつにすごくねーよ」

いや、すごいと思う。だって私にはマネできないよ。

どんなにがんばっても、どうにもならないこともある。本田君は、それだけ努力してるってことだ。

「だから俺、柳内さんのことも本気だから」

なんてまた、本田君はサラッと口にする。

「本田君って……恥ずかしいぐらいにストレートだね。変化球が得意なんて、ウソみたい」

「普段の会話はめちゃくちゃ変化球だよ。ストレートなのは、柳内さんに対してだけだから。そうじゃないと、伝わらないみたいだし？」

「なっ」

また、そんなことを言っちゃってさ。反応に困るんだって。

でも本田君は笑っていて、冗談なのか本気なのかよくわからない。

もしかして、からかわれてる？

そんなふうに思ってしまうほど、本田君には余裕があるように見える。

「本田君って意地悪だね」

「いやいや、それは柳内さんな。冷たくするとか言うし。俺、あの時は結構傷ついたんだけど」

「そ、それは……っ」

「でもさ、いくら冷たくされても……俺の気持ちは変わらないから」

「……っ」

恥ずかしい。やめてよ、そんなこと言うの。

好きじゃない人に一方的に気持ちをぶつけられるのって、こんな感じなんだ。

あの時、太陽も……困ったよね。

今さらながら彼の気持ちがわかってしまった。

嫌なわけじゃなくて、ただ困るというか。どう反応すればいいかわからないっていうのが本音。

そもそも、本田君って、どんな人なんだろう。

ふとそんな疑問がわいて、授業中の本田君を観察してみた。

意外と真面目にノートを取っているその姿。背筋《せすじ》がまっすぐに伸びて、とても姿勢《しせい》がいい。

真面目にノートを取っているのかと思ったら、そのすぐあとに机の中に隠した漫画をこっそり読んでいたり。

真面目なのか、そうじゃないのかわからなくて、思わず笑ってしまった。

「じゃあ二十一ページの訳を本田。やってみろー」

「え？　俺？」

それまで漫画を読んでいた本田君がパッと顔を上げた。

「そうだ、おまえだ。よそ見してるから、余裕なんだと思ってな」

「ボブは先日行った裏通りのレストランの感想を、友人のジョージに伝えた。表通りのお店のほうが安くて早くてうまい、と。ジョージはそれを聞いて、いい顔をしなかった。なぜなら、裏通りのお店はジョージの両親がやっているお店だったからだ」

先生に英語の訳を当てられると、迷うそぶりを見せることもなく、まるで日本語で書かれているかのように答えた。

す、すごい。こんなの、私じゃ絶対に無理だ。理解不能な文法や単語が多すぎる。

「うん、正解だ」

その瞬間、教室中から拍手が起こった。

本田君は、どうやら、英語ができるらしい。

いや、彼は英語だけじゃなく、オールマイティに授業をこなした。

休み時間になると男子たちに囲まれてバカなことをやったり、みんなで騒いだり、なにかといつも輪の中心にいる。

「キャー、カッコいいー！」

体育の授業でも、本田君は目立っていた。野球部なのにバスケもすごく上手で。

女子の目がコートの中で人一倍動きまわる本田君に集まる。

まっすぐにゴールを見つめて、ボールを持った腕を上げる彼。

ジャンプしながらシュートを放つと、ボールは放物線を描いてゴールに吸い寄せられていった。

サラサラと揺れる黒髪。汗を腕でぬぐう仕草《しぐさ》。

「やばくない？」

「やばいよね。カッコよすぎるでしょ」

どうやら本田君のことをカッコいいと思っている女子は多いらしい。

そして、それをわかっているのかいないのか、本田君は無邪気に笑っている。

「草太、亜子ちゃんが見てるぞ」

「え？」

コートの中にいた本田君が突然こっちを見た。

私は恥ずかしくてパッと目をそらす。

「よかったな、いいとこ見せられて」

「そ、そんなんじゃねーよ」

そんなやり取りを離れた場所で聞きながら、うつむく。

すると、どこかから視線を感じた。

それは男子からのほうではなく、女子の集団から。

ふと顔を上げると、沢井さんと目が合ってしまった。

なんだかにらまれているような気がする。

とっさに背を向けて、沢井さんから逃げた。

大丈夫、俺がいるから

週末に入ったけど、部活をしていない私は、ダラダラ過ごすだけの土日。

家に閉じこもっているのが嫌で、夕方になって何気なく外に出てみた。行く当てなんかないけど、足が勝手に駅のほうへと向かう。

まだ少しオレンジがかった夕焼けの空。これから夜がやってくる。

土曜日だからなのか、私服姿の学生が多い。みんな友達とワイワイ騒いでいて、とても楽しそう。

唯一の友達の結愛《ゆめ》ちゃんに電話してみようかなぁ。でも、彼氏とデート中だったら悪いしなぁ。

一年前、元カレである太陽の男友達の彼女として紹介された他校の結愛ちゃんと出会った。

結愛ちゃんはとても美人で、スラッとして手足が長くて、とてもいい子。

彼氏とうまくいかなくなった時期が同じで、さみしさをまぎらわせるためにふたりでよく遊んだ。

遊んでいるうちに仲よくなって、結局お互いに彼氏とはダメになっちゃったけど、私たちの付き合いは今も続いている。

結愛ちゃんは今は新しい彼氏ができて、その人とてもラブラブなんだ。

まだ彼氏には会ったことないけど、写メを見せてもらった。とってもイケメンな彼氏で、結愛ちゃんもすごく幸せそうで。

お似合いだなって思ったんだ。

いつかお互いにイケメンの彼氏を作ってダブルデートしようって約束したけど、ごめんね、まだかないそうにない。

駅の近くのコンビニの前まで来た時、あたりはすっかり暗くなっていた。

とくになにも考えずに家を出たから、ジーパンにTシャツというとてもラフな格好。髪の毛はドライヤーで整えてきたけど、休みの日だからなのか気が抜けてスイッチが入らない。

ただぼんやりと繁華街のなかを歩いていた。すると前から派手な男子の集団がやってきて、ワイワイ騒いでいるのが見えた。

横に広がってダラダラ歩くその集団。周りの人は彼らを避けるように道をあける。

「でさー、おまえがあの時ジャンプするから見つかったんだろーが」

「はぁ？　俺のせいじゃねーし。前田が悪いんだろ」

彼らとの距離が近くなって、そして私も、避けようとして端っこのほうへ寄った。

だけど、その中のひとりがツッコミを入れるようにパシンと隣の人の肩を叩いた。

――ドンッ。

その瞬間、叩かれた人と肩がぶつかった。

「す、すみません」

小さく頭を下げてその場を離れようとする。

「うっわ、見ろよ」

「やべっ、マジタイプだわ」

そんな声とともに、男子たちが立ち止まって私を見た。口もとには怪《あや》しい笑みを浮かべていて、背筋がゾッとする。

「ご、ごめんなさい。急いでいるので」

そう言って足早にその場を去る。

「おいおい、なにいきなり早足になってんの。逃げんなよ」

「ははっ、おまえが怖いからじゃね？」

「ちょっと待ってよー、これから一緒に遊ぼうぜ」

隣に並ばれ、下から顔を覗き込まれた。派手な金髪と、耳にはたくさんのピアス。鼻と口にもピアスがしてあって、とても痛そう。

眉毛を全剃りにした、ヤンキーとしか思えないような男子たち。なかにはモヒカンの人もいて、明らかにみんなガラが悪すぎる。

やだ、関わりたくない。

「そんなに逃げなくてもよくね？」

「なんもしないって」

「ははっ、どの口が言ってんだよ」

やだ、怖い。

目を合わせず、逃げるようにして、人にぶつかりながらどんどん突きすすむ。

「おい、待てよ。逃げんなって。悪いと思ってるなら、俺らに付き合えよ。そしたら、ぶつかったことはチャラにしてやるから」

「む、無理です」

怖くて声が震える。

「あ？　なんだよ、無理って。ふざけんなよ！」

やだ、やだ！

怖い。

恐怖心から、早足から小走りになっていた。人の隙間を縫って走る。だけどそれでも彼らはしつこく追いかけてきた。

走っているうちに息が乱《みだ》れて視界がかすむ。

通り過ぎていく人みんなが私を見ているけど、誰も助けてくれない。

ただの傍観者になって、その場に立っているだけだ。

「おい、そっち回れ。反対からはさめ」

「ラジャー」

こわくてこわくて、ただひたすら足を動かした。

そして角を曲がった瞬間、ドンッとすごい勢いで誰かにぶつかった。小柄な私はうしろへ弾《はじ》きとばされ、足もとがよろける。

「わり、大丈夫か?」

暗くて顔はよく見えない。でも体格と声からして男の人のようだ。

「あ、はい! こっちこそよそ見してて……」

そう言いかけた時背後から声が聞こえて、同時にすごい勢いで腕を掴まれた。

「きゃっ」

うしろへ引っぱられ、足がもつれそうになる。

「ったく、手間取らせやがって。せっかく俺らが遊んでやるっつってんのに」

「は、離してくださいっ」

腕をブンブン振ってみる。だけど力が強くてビクともしない。

やだ、怖いよ。

一気に人通りがなくなり、心の底から恐怖が襲った。

「俺らがたっぷり遊んでやるから」

「覚悟しとけよな」

反対の腕も掴まれた。周りを数人に囲まれてしまい、もう完全に逃げられない。

足がガクガク震えて、その場に立っていられない。

「だ、誰か助けて」

そう思って目の前にいた人の顔をまっすぐに見上げる。そこでようやく、初めて目が合った。

「え、柳内さん?」

「ほ、んだ、君……」

本田君も今ようやく私に気づいたようで、目を見開いている。部活帰りなのか、スポーツバッグを肩から下げ、髪の毛が汗で乱れていた。

「た、助けて……」

本田君の顔を見たら感情がブワッとあふれてきて、すがるような声が出た。

お願い、本田君、助けて。

もう本田君に頼るしかなかった。

しまいには涙まで浮かんできて、視界がボヤける。

「おまえら、なにやってんの」

本田君の顔が一瞬で険《けわ》しくなり、聞いたことのないような低い声が聞こえた。

その声には明らかに怒りが含まれていて、ガラの悪い男子たちにも負けないようなオーラがある。

「そんな手でさわるんじゃねーよ」

「あ？　なんだ、おまえ」

「汚い手でさわるなっつってんだよ」

「はぁ？　おまえには関係ないだろうが。この女がぶつかってきたんだからな」

「ちゃんと礼をしてもらわねーと。きっちり落とし前つけろよな」

「たっぷりかわいがってやるよ」

耳もとでささやかれる低い声。怖くて怖くて、固まったまま動けない。

「いいかげんにしろよ、おまえら。離せっつってんのが聞こえねーのかよ？」

本田君が私の腕を掴んでいた男子の腕を捕らえた。そして力をこめてギュッと握りしめる。その瞬間、男子はうっと顔を歪《ゆが》めて私の手を掴んでいた手の力をゆるめた。

私はとっさに腕を払って、男子の手からすり抜ける。無我夢中でもう片方の手も、思いっきり力をこめて振りはらうと簡単に抜けた。

「こっち！」

急かすように本田君の声が飛んできて、とっさに走った。怖くて震えているけど、必死に足を動かした。

そして、本田君のうしろから少し離れたところの電柱に身を隠す。心臓がありえないくらいバクバクいってる。

「ふざけんなよ、おまえ」

「うっせーな。俺が相手してやるよ」

五人の男たちに対して本田君はひとり。

心配になって電柱の陰から覗くと、ひるむことなく堂々としている本田君の姿が見えた。

「ってかおまえ、この人数に勝てると思ってんの？」

「あ？　知らねーよ！」

「いい度胸だな」

ニヤニヤしながら、男たちが近づいてくる。

こ、怖い。

だって、もし本田君になにかあったら。

「ほ、本田君……」

小さく震えるか細い声。

それでも本田君は気づいてくれた。

「大丈夫だよ」

明らかに窮地《きゅうち》に立たされているというのに、本田君は少しだけ振り返って、私を安心させるように小さく微笑む。

「だ、だけど……」

五人もいるんだよ？

「柳内さんは、もっと離れた所にいて。まだ走れる？」

「え、あ……」

ど、どうしよう、足に力が入らない。

こんな経験は初めてで、すごく動揺している。

「てめぇ、さっきからゴチャゴチャ言ってんなよ！」

「のんきに会話なんかできなくさせてやるよ！　ふざけやがって！」

男たちが本田君めがけて飛びかかってくる。

「そこの角を曲がれば大通りに出られるから、安全な所にいて」

本田君は一〇〇メートルほど先の角を指差して、すばやく私にそう言う。

そしてすぐ前に向きなおった。男たちは本田君のすぐ前まで迫っていて、ひとりが本田君の胸ぐらを掴んだ。

恐怖で足が動かなくて、助けを呼ぶこともできない。

「ふざけやがって！　痛い目にあわせてやる」

「はは、やれやれー。フルボッコにしてやろうぜ」

「最近むしゃくしゃしてたしな」

四方《しほう》を囲まれていて、明らかに不利な状況。グッと堅く握りしめた男の拳が、本田君めがけて飛んでいく。

あっ！

殴られる！

そう思った瞬間、私は両手でとっさに目をおおってしゃがみ込んだ。

身体全体がガクガクして、ただ目を堅く閉じることしかできない。

「うわ！　なんだ、コイツ」

「離せよ！」

「このっ！」

ドカッという鈍い音や、ガシャンという大きな音、男たちの怒声。

なにがなんだかわけがわからない。

「調子に乗ってんじゃねーよ！」

「ふざけやがって、コイツ。うぐっ」

ドスッ。

ドンッ。

「うおっ。ぐっ」

「ううっ」

本田君……？

誰のものかもわからないうめき声を聞いて、指の隙間から恐る恐る様子をうかがう。

すると、そこにはさっきまで五人いたはずの男たちがひとりを除いて全員地面に伏せていた。

身体をくの字に折りまげて、足やお腹を押さえながら悶《もだ》えている男たち。

本田君はうしろ姿だけだけど、どうやら無事らしい。
いったい、なにがどうなってるの？
本田君がやったの？
「こ、この……」
最後の男が本田君めがけて飛びかかった。でも、本田君はそれをスルリとかわして
そして自分の胸もとに引き寄せると、相手に背中を向け、見事な一本背負いをして
相手の腕を掴む。
投げとばした。
「うわー！」
派手に飛んでいく男。
あっという間の出来事に、呆然とすることしかできない。
なにがどうなっているんだろうと、目の前の光景を疑う。だって、相手は五人もい
たんだよ？
本田君は学校にいる時とは違って殺気《さっき》立ったオーラを放っており、背筋がゾクッと
した。

本田君なのに、本田君じゃない。

まるで別人が憑依《ひょうい》したみたい。

周りの男たちをグルリと見回す。

そして誰も立ちあがってこないことを確認してから、ゆっくりと私に近づいてきた。

「大丈夫?」

「え、あ……」

本田君が目の前までやってきて、しゃがみ込んで私の顔を覗く。眉を下げて、私のことを心から心配してくれている様子。

よかった、いつもの本田君だ。さっきまでの殺気立ったオーラは微塵《みじん》も感じない。

「私は大丈夫だよ。それより、本田君は?」

「俺? 全然余裕」

なんて言ってはにかみながら、ガッツポーズをしてみせる本田君。

「で、でも、ケガとかしてない?」

オロオロとしてしまう私。

「私、怖くて。夢中で助けを求めちゃったから……ごめんね」

「なんで謝んの？　目の前で困ってる人がいたら、誰だろうと助けるのは当然のことだよ。それが柳内さんなら、なおさら」

「あり、がとう。ほんと、怖かった……本田君がいてくれなかったら、今頃どうなっていたか」

それを考えたらゾッとする。

本田君がいてくれてよかった。

「コイツら、マジで許せねーな」

本田君は冷ややかに男たちを見下ろす。

その横顔はやっぱりいつもの本田君じゃなくて、でもすぐに私に視線を向けて、今度は笑顔になった。

「無事でよかった。柳内さんになんかあったら、俺もっとキレてたかも」

「え……っ。十分怖かったけど」

「今日のは七十パーセントくらいだよ」

「ウソ」

あれで七十パーセント？

本田君はどうやら、怒らせると怖いらしい。

でもそれ以上に、人のために一生懸命になって助けてくれる優しい人。

「立てる？」

そう言って手をさしのべてくれる彼の手を掴んだけれど、足に力が入らない。でも、その手のひらはとても温かくて心地いい。

「あはは、腰が抜けちゃったみたい……」

こんなことって、本当にあるんだ。情けない、情けなさすぎる。

「大丈夫、俺がいるから」

えっ？

そう思った瞬間、本田君がすばやく私の身体を持ちあげた。そして、フワッと宙に浮く。すぐそばには本田君の顔があって、身体がピタッと密着している。

「え、あ、あの……」

すごく恥ずかしいんですけど。

みんな、見てるんですけど！

「家まで送るよ」

でも、本田君はそんなことはお構《かま》いなしに私に向かってにっこり微笑む。

「わ、悪いよ。それに、恥ずかしい……」

「でも、歩けないだろ?」

「そ、それは、そうだけど。でも、私、重いし!」

「そういう時のために鍛えてるんだから、心配すんなって」

本田君は冗談っぽく笑いながら返してくれる。だけど恥ずかしすぎて、なんて言っていいのやら。

「で、でも」

「ゴチャゴチャ考えねーで、身をまかせればいいんだって。家どこ?」

本田君はとてもガンコで引きさがってくれなかったので、だいたいの家の場所を伝える。

「俺んちの近くじゃん」

そう言って歩きだした。

本田君の左胸に耳が当たっているせいか、トクントクンという心臓の鼓動が聞こえる。がっしりした腕と、しっかりした胸板。

本田君の息づかいが耳もとで聞こえる。じっとりとしているのは、部活で汗をかいたからかな。

恥ずかしくて、顔を上げることができない。

だってだって、男子とこんなに密着するなんて初めてなんだもん。

元カレの太陽とでさえ、ここまで密着したことなんてない。それどころか、手を繋《つな》いだことだって、ましてやキスさえもしたことがない。

緊張するけれど、本田君の腕のなかはとても居心地がよくて安心させられる。大きな安らぎがある。温かくて、優しくて、落ち着く。

「怖かった……」

すごく怖かった。ホッとしたら涙腺《るいせん》がゆるんで、涙があふれた。本田君に抱えられた格好で泣きたくなんかないのに。

「泣けよ、思いっきり」

歯をくいしばって涙を我慢していると、本田君の優しい声が降ってきて。その声に反応するように、涙が一筋頬に流れた。

一度ゆるんだ涙腺はどんどんゆるんで、次から次へと涙があふれでてくる。

「ううっ、ひっく」

私が泣いている間中、本田君はなにを言うでもなく、ただ黙って受け入れてくれた。

ようやく涙が落ち着いた頃、マンションのエントランスに到着。あたりはすっかり真っ暗で、人通りも減っていた。

ようやく足に力が入るようになり、本田君と向かいあって立つ。背が高くて、周りが暗いからよく見えないけれど、優しい眼差しで私を見下ろしてくれているような気がする。

「ありがとう」

今はもう、愛想笑いを浮かべる余裕もない。さらには、本田君の前で涙を見せてしまったのが恥ずかしいやら、情けないやら。

「全然！　俺のじいちゃんが柔道の師範《しはん》でさ。ほら、俺、昔は背が低かったって言ったじゃん？　小学生の頃、それでイジメられることも多かったんだよ。それで、やられっぱなしが悔しくて、死にものぐるいでじいちゃんに柔道を教わったんだ」

ディープな過去をあっけらかんと話してくれるところは、ものすごく本田君らしい。

そこで負けずに立ち向かっていった本田君はすごいや。

「柔道は久しぶりだったけど、役に立ってよかったよ。今日のためにやってたんだなって思った。正直、ちょっと心配だったけど、身体が覚えてたみたい」

なんて言いながら、また笑う。

その笑顔がすごくカッコよくて、ドキッとした。

数日後、ここのところ梅雨のせいで雨続きだったから、昼休みは中庭で過ごせなくなった。

仕方なく今は、教室でお弁当を食べている。ひとりぼっちはさみしいけど、もう慣れた。

いつものようにお弁当を食べたあと、トイレに行って教室に戻ろうとした時だった。

「ねぇ、ちょっといい？」

教室の前で、怖い顔で腕組みしながら立っている沢井さんに呼び止められた。

沢井さんはひとりでどうやら私を待っていたみたい。

「話があるの」

明らかに私を敵対視しているような鋭《するど》い視線。

なんで呼ばれたのかピンと来たけど、気づいていないフリをして、首をかしげてみせる。

「話……？」

「いいから、ちょっと来て」

「え、あ……」

ムリやり腕を掴まれて、人気のない階段の踊り場まで連れていかれた。

沢井さんは今日は髪をサイドで結んでいて、うっすらとメイクもしている。だからなのか、普段にも増して目もとがきつく見える。

にっこり笑えばすごくかわいいのに、なんてこの状況でそんなことを思った。

「草太と付き合ってるの？」

「え？」

「付き合ってるのかって聞いてるの」

イライラしたように語尾《ごび》を強める沢井さん。

「付き合って、ないよ」

「じゃあ、なんでいつも一緒にいるの？　もとから仲がいいわけじゃなかったよね?」

「そ、それは、最近友達になったからで……」

ほかにどう言えばいいか、わからなかった。まさか告白されただなんて、言えないし……。

「……しないで」

「え?」

「草太と仲よくしないで!」

沢井さんの怒りをにじませた声に、心臓が縮みあがりそうになる。

言い返せずに黙り込んでいると、再び沢井さんが口を開いた。

「あんたとだけは、仲よくしてほしくないの。あたしから草太を取らないで」

「……っ」

言葉に詰まったのは、沢井さんの目に涙が浮かんでいたから。胸がキリキリと痛む。

沢井さんは両手でスカートをギュッと握りしめて、歯をくいしばっていた。

ど、どうしよう。なんて言えばいい?

「嫌なの、あんただけは……」

「あなた、無茶なこと言ってるってわかってる?」

返答に困っていると、突然背後からそんな声が聞こえた。その声はもちろん、私のものでも、沢井さんのものでもない。

階段からゆっくり降りてきたその人は、ランチバッグを手にして小説を胸に抱えている。腰まで伸びたストレートの黒髪は、とてもサラサラしていて。眉の上で切りそろえられた前髪が印象的。

目がパッチリしていて鼻も高くて、とても綺麗な顔立ちをしている彼女。派手ではなく制服をきちんと着こなしているクールビューティーさも兼ね備えている。全体的に華奢《きゃしゃ》で、背が高いからスタイルもバツグン。

彼女は同じクラスの南野咲希《なんのさき》さん。南野さんは教室ではひとりで小説を読んでいることが多く、必要以上にクラスメイトと仲よくしている姿を見たことがない。

いつもひとりで静かに過ごしているタイプ。

人嫌いというわけではなく、ひとりが好きなタイプに見える。

だから南野さんに声をかけられて、ちょっとビックリしたっていうのが私の本音。

「は? なに、いきなり。関係ないでしょ」

沢井さんは今度は南野さんを思いっきりにらんだ。

「理不尽なこと言ってるから、放っておけなくて。だって、誰と仲よくしようと本人の勝手でしょ？　あなたがとやかく言うことじゃないと思う」

一切《いっさい》ひるむことなく、南野さんは堂々と正論を言いはなった。ここまではっきりきっぱり言うことは、私にはできない。

「部外者は黙っててよね！　柳内さんって、相当な男好きらしいし。草太には手を出さないで。それに、来週は大事な野球の試合も控えてるの。部活も必死にやってるの。草太はあんたのことに構ってるヒマなんてないの。だから、邪魔しないで」

「私はべつにそんなつもりじゃ……」

「それ！　そうやって被害者ぶるところがウザいの！　かわいいとか思ってんの？　イタいだけだからっ！」

吐きすてるようにそう言われて胸が痛んだ。

どうしてここまで言われなきゃいけないんだろう。私がなにをしたっていうの。

「誹謗中傷《ひぼうちゅうしょう》はよくないよ。最終的には自分に返ってくるんだから」

冷静な南野さんの声が響く。

「あんたには関係ないって言ってるでしょ！　とにかく、二度と草太と仲よくしないで！」

感情的にそう言いのこして、沢井さんは駆け足でこの場を去った。

「あんまり気にしないほうがいいよ。っていうか、口はさんじゃってよけいなことをしちゃったかな？　ごめんね」

「あ、ううん、助かったよ。ありがとう」

とっさに笑みを浮かべる。南野さんがいなかったら、今頃どうなっていたことか。

「ああいうのは私も経験があるから、ついつい首つっこんじゃうんだよね。ムキになって言い返すとかえってこじれるし、なにも言い返さないとますますひどいことされるし、正論で言い返したら逆上されるし。結局どうやってもよくない方向に転ぶなら、正論言って堂々としてるほうがいいって学んだんだよね」

南野さんはかわいく笑いながらそう言う。クールなイメージだったのに、意外とよくしゃべるんだ。それに、ちゃんとした自分の考えをもっていて、しっかりしている子だな。

それから教室に戻って、授業が始まった。けれど、その内容がまったく頭に入ってこない。

ウザいって久しぶりに言われたな。被害者ぶってるって、どういう意味なんだろう。

でも、そんなことよりも……。

よく知りもしない沢井さんに、男好きって言われたことがすごくショック。

だって私のこと知らないよね？

話したこともないいんだもん。それなのに、勝手な憶測《おくそく》だけでそんなふうに言われるのは嫌だ。

出るのはため息ばかり。なんだか胸のなかがモヤモヤする。

結局この日は、なんとなくスッキリしない午後を過ごした。

「柳内さん、今日ヒマ？」

放課後になり、帰ろうとしたところで本田君に声をかけられた。いつもは一目散《いちもくさん》に部活に行く本田君だけど、今日は急いでいる様子がない。

「え、あ、ヒマじゃない、かな」

「そっか。部活がないから、途中まで一緒に帰ろうと思ったんだけど」

「ごめんね、今日は他校の友達と約束があって」

「じゃあ、校門までならいい？」

とくに断る理由もなかったからうなずいたんだけど、なぜだか高木君も一緒についてきた。

「本田君、この前はありがとう」

「おう。もう大丈夫？」

「うん」

「なんで拓也まで来るんだよ」

「いいだろー、俺だって亜子ちゃんと話したいんだから」

「なにを話すことがあるんだよ」

「それは、まぁいろんなこと。草太のこととか、草太のこととか、草太のこととか！　たまーに俺のことも。あ！　あと、亜子ちゃんの身長がどうしてそんなに低いのかってことも」

「なんだよ、それ」

思わず苦笑いを浮かべる本田君。私まで笑ってしまった。高木君はユーモアがあるから、会話が弾《はず》んでとても楽しい。

三人で並んで廊下を歩いていると、ふとどこかから突き刺すような視線を感じた。

振り返った瞬間、遠くからこっちを見ている沢井さんと目が合った。沢井さんは女友達数人と話し込んでいる。私を指差しながらひとりの子になにかを耳打ちすると、そこにいたみんながつられるようにしてこっちを見た。

心臓がヒヤリと冷たくなる感覚がした。

ヒソヒソとなにかを言ってクスクスと笑われる。でも、沢井さんだけは私をにらんでいた。

それは気分がいいものではなく、なんとなく居心地が悪くて。うつむきながらトボトボと歩いた。

「ん？　どうかした？」

私の目の前に本田君のドアップが。下から覗き込むようにして顔を見られる。

「な、なんでもないよっ」

そうは言ったものの、モヤモヤして落ち着かない。

「なんかあるなら言えよ？」

「なんでもないってばー！」

笑ってごまかしたけど、本田君には見抜かれていたらしい。

「柳内さんの場合、そう言う時は、絶対なんかあるんだよ」

ちょっとした心の変化を敏感に察知する本田君はすごいと思う。だからこそ、絶対に知られたくない。

こんなこと、言えないよ。

次の日、靴箱を開けたままの格好で固まった。

「ない……」

昨日まであったはずの上履きが。

一度目を閉じてもう一回確認したけど、やっぱり上履きはそこにはなかった。

誰かが間違えて履いてるとか？

ううん、上履きには名前が書いてあるし、間違いに気づくはず。

ひとまずローファーを脱いで靴箱に入れ、靴下のまま廊下を歩いて職員室へ。そこでスリッパを借りてから教室へと向かった。

ペタペタとスリッパの音を立てて歩く私はとても目立つらしく、通り過ぎていく人みんなに好奇の目を向けられた。

下を向きながら逃げるようにして教室へ飛び込み、自分の席へ座る。

私の上履きはどこにいったんだろう。間違って誰かが履いているとしか思えないんだけど。

もしくは、誰かが故意《こい》に隠した……？

いやいや、そんなことをしてなにになるの。

変なことを考えるのはやめよう。

そう思ってカバンの中のものを机にしまおうとした。そこでもまた、感じる妙な違和感。

「あ、あれ……？」

え？

んっ？

机の中に手を入れると、中身が空っぽだった。

え？

いや、でも、そんなはずはない。

あ、誰かの席に間違って座っちゃった？

キョロキョロとあたりを確認してみても、そこはやっぱり私の席で。

えーっと、待って。もう一度落ち着いてよく考えてみよう。いつも机の中にある教科書やノートが全部ないなんて、きっとなにかの間違いだ。

そう思ってもう一度、机の中を覗き込んだ。だけどやっぱり中身は空っぽ。

「な、なんで？」

どうなってるの？

もうこれは明らかに故意で誰かがやったとしか思えない。上履きのことも、もしかしたら誰かに隠されたのかも。

誰がこんなこと……。

ショックでしばらく動けなかった。気づくと予鈴が鳴っていて、もうすぐ授業が始まろうとしている。

「柳内さんってば。何度も呼んでるのに」

ぼんやりしていて、隣の席の南野さんに呼ばれていることにすら気づかなかった。

「おはよう、南野さん。ごめんね。どうしたの？」

こんな時なのに笑顔が浮かぶ自分が嫌になる。気分が沈んでいるのを、誰にも知られたくなかった。

「スリッパ履いてるから、どうしたのかなって」

「あ、えっと……」

ど、どうしよう。

本当のことなんて言えない。

「こ、これは……あの、その」

なんとかごまかそうとしてみるけど、言っているうちにだんだんと表情がこわばっていくのがわかった。

南野さんは小説片手に私を見ていて、どうやら心配してくれているらしい。

ダメダメ、こんなんじゃ。

南野さんに迷惑かけちゃう。

「もしかして、誰かに？」

「ううん、そんなんじゃないよ！　だ、大丈夫だから」

「ほんとに？」

疑うような目で見てくる南野さん。そりゃそうだよ、上履きがなくなるなんて明らかにおかしいもん。

「じ、実は上履きだけじゃなくて、教科書も全部ないの」

「え、なにそれ。誰かにやられたってこと?」

「あ、でも、私の勘違いかもしれないし。そのうちどっかから出てくるかも!」

なるべく明るく気をつかわせないように言った。

「どっかからって、なんでそんなに楽天的なの。出てこなかったらどうするの?」

「そ、それは……どうしよう」

教科書やノートがないのは困る。でも、南野さんの言い方は少しきつい、かも。

楽天的って、そんなつもりはないのになぁ。グサッときちゃったよ。

「仕方ないね。教科書がないんじゃ困るでしょ?」

そう言って南野さんは机を私のほうに寄せてきた。どうやら、教科書を見せてくれるらしい。

「あ、ありがとう」

言い方はきつくても、南野さんは優しい人なのかな。

「はぁ」

お昼休み、なんとなく教室から出たくなくて、教室でひとりお弁当を広げる。出るのはため息だけ。

結構ダメージ食らってるなぁ、私。こんなの、へっちゃらだと思っていた。でも、そう思いたかっただけで、実際にはすごくへこんでいる。

「ねぇ、思ったんだけど。沢井さんたちの仕業《しわざ》ってことは考えられない？」

ぼんやりしていると、同じく隣でひとりでお弁当を食べていた南野さんが真顔でそんなことを言った。

「え、あ……」

たしかに、私もそう思った。でも違うかもしれないから、口にするのは気が引ける。

「どうかな、まだわからないや」

「でも、もしそうなら教科書がないと困るでしょ。私から言って、返してもらおうか？」

「で、でも、証拠もないのに言えないっていうか。ううん、それよりも南野さんにそこまでしてもらうのは悪いし」

「こうなったのは、私がよけいな口をはさんだせいもあるかもしれないし。放っておけないんだよね」

「そんな、南野さんのせいじゃないよ！　私が悪いんだよ。中学の時から、なんとなくいつも女子には嫌われちゃうの。だから、気にしないで」

パチッとした大きな瞳にシュッとした綺麗な横顔。南野さんはソツがない美人というか、同性である私でさえも目を奪われてしまう。

南野さんはなにか言いたそうにしていたけど、しばらく考え込むそぶりを見せたあと納得したのかそれ以上は言ってこなかった。

お弁当を食べおえると、次は音楽室への移動なので、準備をして立ちあがる。幸い、音楽の教科書はうしろの鍵つきロッカーに入れていたのでなくなってはいない。

廊下を歩いていると、突き刺さるような視線をひしひしと感じた。踊り場にはたくさんの人がいて、そのなかの六人ほどの女子の集団がこっちを見ていた。

さげすむような冷たい瞳。そのなかには沢井さんもいて、私のことを思いっきりにらんでいる。

「マジでウザー」

「顔見せんなよ、ブース」

「ぷっ、スリッパとか！　ウケる！」

「顔見るだけで気分が悪くなるよね。学校来んなって感じ」

「あはは、言えてるー！　来ても男あさってるだけだもんね」

ドクドクとへんに高鳴る鼓動。背筋にヒヤッとしたものが流れおちた。

あたりはザワザワしているのに、その声は鮮明に聞こえてきた。彼女たちは明らかに私のことを言っている。こっちを見てるし、私が履いているのはスリッパだし。

「今すぐこっから消えてよね」

沢井さんの心ない声に、心臓がギュッとギューッと押しつぶされそうになる。キリキリ痛んで、苦しくて。

早くここから逃げたい。

少し早足になりながら、踊り場を通り過ぎた。そして渡り廊下を通って、別棟《べっとう》にある音楽室へと向かう。

まだ心臓がドクドクいってる。手を当てなくても拍動が伝わってきて、脇や背中に変な汗を感じた。

やっぱり、スリッパや教科書も沢井さんたちの仕業……？

だってほかに考えられない。

私が本田君と仲よくしてたから？

私が悪いの？

じゃあ、どうすればいいの？

どうすればやめてくれる？

本田君と仲よくしなければ、やめてくれるのかな。

心がグチャグチャで、もうなにも考えたくない。気分は沈む一方で、そのあとの授業はほとんど頭に入ってこなかった。

「柳内さん」

音楽室から教室へ戻る途中、うしろから名前を呼ばれた。振り返らなくても、それが本田君の声だってことはすぐにわかった。

「あ、えっと。どうしたの？」

振り返り、キョロキョロとあたりを見回して、沢井さんがいないことを確認する。

誰がどこで見ているかわからないから、すごく慎重になってしまっている。

まるで悪いことをしているみたい。

「なんかあった？　今日、ずっと上の空じゃない？」

そんな私を心配そうに見つめる本田君。

「ううん、なんもない。なんもないよ！」

強調するため、同じ言葉を繰り返す。

「でも、なんもないようには見えないけど」

「え、あはは。そんなことないよ」

愛想笑いを浮かべてそう言ったあと、教室がある棟から渡り廊下を歩いてくるふたり組の女子の姿を見つけた。

あれは、さっき沢井さんと一緒にいた女子たちだ。

こんなところを見られたら、またなにか言われるに違いない。

それだけは、もう嫌だ。

「あ、私、音楽室に忘れ物しちゃったから取ってくるね！　じゃあね！」

「え？　柳内さん、ちょっ」

「ごめん！」

本田君の言葉をさえぎって、音楽室のほうへと引き返した。近くにあったトイレに駆け込み、乱れた息を整える。

本田君に対して、あからさまに不自然な態度を取っちゃった。きっと変に思われたよね。

しばらくして、トイレに身を隠すようにしながら、周囲をチラ見して女子たちがいないのを確認した。次の授業が始まるから早く教室に戻らなきゃ。

駆け足で教室に戻り、一目散に自分の席へ。

本田君の視線を感じたけど、気づかないフリをしてやりすごした。

第二章

臆病《おくびょう》な心

週が明けて月曜日がやってきた。今日も学校に行かなきゃいけないのかと思うと、気持ちがすごく重くなる。

朝からどんより曇っているし、ますます足が進まなくなってしまう。家から学校まですぐなので、もう校門が見えてきた。

朝の登校時間のラッシュ。たくさんの生徒が校門へ吸い寄せられていく。

「おはよう」

靴箱で履きかえていると、うしろから本田君の声がした。私に言っているんだということは、振り返らなくてもわかる。

だって、周りにはほかに誰もいないから。

「お、おはよう」

周囲に沢井さんたちがいないか、常に気になって見てしまう。キョロキョロしていると、本田君に首をかしげられた。

「誰か探してんの？」

「ううん！　違うよ」

本田君といると、周りが気になって仕方がない。

「じゃ、じゃあ、私は先に行くね」

「え？」

「とにかく行くね」

遠くのほうに沢井さんの姿が見えたので、逃げるようにその場を離れる。

なるべく早く教室に入ってしまいたい。本田君といるところを見られたくない。もうなにも言われたくない。

なくなった教科書はどこを探しても出てこなかった。上履きも見当たらなくて、日曜日に新しいものを購入した。さすがに教科書がなくなったとは父親に言えなかった。

証拠がないから誰がやったのかはわからないけど、ある程度の推測はできる。

教科書がないと困るから、せめてそれだけはどうにかしたい。そう思ってはいるけど、どうすればいいんだろう。

「あ、あのー、南野さん。おはよう」

私はやってきたばかりの隣の席の南野さんに、恐る恐る声をかけた。

「おはよう、柳内さん。どうしたの？」

「あ、えっと、あの、ね。今日も教科書を見せてほしいんだけど……」

「べつにいいけど、ずっとこのままだと忘れ物点が減ってく一方だよ？」

「うっ」

そ、それは、心得ております。教科によっちゃ、忘れ物を五回すると一回欠席したことになるんだよね。

「ほかのクラスの友達に借りることはできないの？」

「それがさぁ、私って友達がいないんだよね。あはは」

笑いたくもないのに、笑える状況じゃないのに笑っている自分がすごくむなしい。

「じゃあ仕方ないね。それにしても、ほんと幼稚《ようち》なことするよね、沢井さんって。中学の時は、もっと静かだったのに」

やれやれと言いたげな南野さんは、沢井さんがやったって完全に決めつけている。

「沢井さんと同じ中学だったの？」

「まぁね。ちなみに本田君や高木君とも同じ中学だよ。沢井さんは昔はイジメられっ子だったんだ。それが、高校デビューして立場が変わっちゃった」

「え、イジメられっ子だったの？」

オシャレでかわいくて、友達も多いクラスカースト上位の沢井さんが？

「ツラい気持ちがわかるはずなのに、今は周りが見えなくなってるのかもね。恋は盲《もう》目《もく》っていうし」

そう言われてなにも言えなかった。沢井さんが本田君のことを好きなのは明らかで、やり方は間違っているけど私を憎む気持ちもよくわかる。

「っていうか、本田君にそれとなく言ってみたら？　沢井さんにガツンと言ってくれると思うよ。沢井さんも、本田君に言われたらさすがにやめるでしょ」

「そ、それは……まだ、沢井さんだって決まったわけじゃないし。もうちょっと様子を見ようかな」

なんだか告げ口するみたいで気が引けるというか、まだ証拠を掴んだわけじゃないのにそんなことは言えない。

ううん、たとえ証拠を掴んだとしても言えないよ。

「まぁ、柳内さんがそう言うなら私はべつにいいんだけどさ」

そう言いながら、南野さんは教科書を見せるために机を寄せてきた。同じように私も机を寄せてくっつける。

一時間目は南野さんのおかげでなんとか乗りきることができた。

二時間目の体育の時間になって、授業は隣のクラスの女子と合同だった。憂うつなのは、そこに沢井さんがいるから。

できればもう関わりたくないし、会いたくない。顔を見るのも嫌だ。

体操服が入ったカバンを持って更衣室へ向かう。足取りは鉛のように重い。そして更衣室の前まで来た時だった。

「それにしても、柳内ってマジウザいよね。上履きを隠した時、スリッパ履いてたのにはウケたけど、全然平気そうだったからかえってムカつくわー。絶対泣くと思ったのにさぁ」

面白おかしく話す沢井さんの声が聞こえた。

「ねぇ、意外と根性すわってるんだ。もしかして、イジメられ慣れてるとか？」

「あー、たしかに！　あの手の女子って嫌われやすそうだもんね」

更衣室の中からそんな声が聞こえて、私は固まってしまった。やっぱりあれは、沢井さんの仕業だったんだ。

どうしよう、中に入れない。入りたくない。このまま、どこかに逃げてしまいたい。

「なんの苦労もしないでさぁ。のほほんと生きてます系のブリッ子女子って、ムカつく」

「そういえばさ、柳内んちって母親がいないらしいよ」

「マジー？　なんで？　もしかして、男作って出ていっちゃった系？」

「理由は知らないけど、父親に育てられてるんだから母親に捨てられちゃったってことじゃないの？　さすが、男好きな柳内の母親だけはあるよね」

「あはは、似た者親子！」

よりいっそう、楽しそうになる話し声。きつく握りしめた拳がプルプル震える。

なにも……知らないくせに、なにも。

「ロクでもない母親のせいで、あんなふうになっちゃったんだ？　男に媚《こ》びてますー、みたいな」

「最低な母親だよねー。もうちょっとまともに育てられなかったのかな」

クスクスともれる笑い声に、胸の奥が煮えたぎるように熱くなった。

私のことを悪く言われるのはいくらでも我慢できる。でもお母さんのことを言われるのは、許せない。

あなたたちが私のなにを知ってるっていうの？

どうしてここまで言われなきゃならないの？

関係ないでしょ、親のことは。叫びたいほどそう思っても言葉には出せない情けない私。ただ黙って唇を噛みしめながら耐えるしかなかった。でもこれ以上なにか言われたら、今にも掴みかかってしまいそう。

とてもじゃないけど更衣室に入っていくことはできなくて、なんとなく階段を上がって屋上へ向かう。

サボることになるけど、そんなことはもうどうでもよかった。

外に出ると容赦《ようしゃ》ない太陽の熱が襲ってきた。セミが鳴いているのが遠くに聞こえる。

屋根の下の日陰に移動してその場に座り、ギュッと目を閉じた。

深くゆっくり息をして、胸にくすぶっている怒りを吐きだす。落ち着け、落ち着けと自分の胸に言い聞かせた。

だけどしばらくしても落ち着かなくて、さっき言われた言葉が胸のなかに深く深く残っている。

どれくらいだろう。しばらくその場でじっとしていた。雲ひとつない青空に、まぶしい太陽。その熱でジリジリとアスファルトが焼けていく。

そんなアスファルトの上に大の字で寝そべって、ただまっすぐに空を見つめる。

季節はもうすっかり夏だ。そうだ、夏だよ。もうすぐ夏休みだ。楽しいことだけ考えよう、そう楽しいことだけ。そしたら気分が明るくなるような気がする。

「亜子？　なにしてんだよ、こんなところで」

「へっ⁉」

考えごとをしていたせいで、人の気配に気づかなかった。真上からじっと見下ろされているけれど、逆光でその人の顔がよく見えない。

背格好や声や雰囲気、話し方でそれが太陽だってわかるのに時間はかからなかった。

「ビ、ビックリしたぁ。急に声かけないでよ」

「いやいや、こんな所で寝そべってたら心配になるだろ。倒れてるんじゃないかって」

「え？　あ」

そういえば、そうか。ゆっくり身体を起こしてその場に座る。すると、太陽も私の隣に腰を下ろしてあぐらをかいて座った。

こうやってふたりきりで向きあうのは久しぶり。

「太陽もサボり？」

「うん、まぁ。亜子も？」

「まぁ、ね。ちょっと嫌なことがあってさ」

太陽と普通に話せていることにビックリする。前までなら胸が苦しくて仕方なかったのに、今は顔を合わせても気まずさはない。

不思議とドキドキすることもなくて、自分でもよくわからない。

どうしちゃったんだろう、私は。

「ふーん、嫌なことね。俺は眠くてさー。ちょっと寝るわ」

「え？　あ、うん」

べつに気にしてほしいとは思ってないけど、ちょっとくらいなにがあったのか聞いてくれてもよくない？

聞いてもらったら楽になるのにさ。元カレである太陽にそんなことを求める私が、間違っているのかな。

別れる時、私といると疲れるって言ってたもんね……。あれはすごくショックだったなぁ。

思い出したら気分がズーンと沈んでいく。

誰かに話を聞いてもらいたい。でもその相手は誰でもいいわけじゃない。だからといって、太陽に話したいわけでもない。

どうしたいのか、自分でもよくわからない。

いつの間にかスースーと寝息を立てている太陽の寝顔を見つめながら、私はただぼんやりしていた。

誰にも会わず、なにも考えずにボーッとしている時間が一番落ち着く。

それから太陽が目を覚ましたのは、授業が終わってチャイムが鳴った時だった。目を閉じていると私までウトウトしてしまって、なんだか頭がボーッとする。

いろいろあって最近寝不足のせいもあるかもしれない。

「で、なにがあったんだよ？」

「はい？」

起きて早々、太陽がアスファルトの上に片肘をついて私のほうに身体を向けた。なんの前ぶれもない突然の質問に、マヌケな声で答える私。

それほどわけがわからなかったけど、さっきのことを言っているのだとすぐに気づいた。

「さっき、嫌なことがあったって言ってたじゃん。ふあぁ……」

興味があるのかないのか、太陽は目を細めて眠たそうにあくびをする。

「べつに。もういいの、大丈夫だから」

話したかったのはさっきであって、今じゃない。時間が経つと怒りはだいぶ落ち着いて、冷静になることができた。

それでも完全に心が晴れたわけじゃないけど、誰かに聞いてもらいたいという気持ちは失せている。

「なんだよ、この俺がせっかく悩み相談に乗ってやろうと思ったのに」

「いやいや、間違っても太陽にだけは頼らないよ。私、結構ショックだったんだからね。太陽にふられたこと」

「え？　あ、わり」

気まずそうに視線をさまよわせる太陽。

その様子がなんとも言えなくて、思わずふき出してしまった。

別れてから初めて、本音を言えたような気がする。ぎこちないけど、心から笑えたような気がする。

「ううん……私にも悪いところはあったんだし」

付き合っていた時のことを思い出すと、気持ちが引きもどされそうになる。どうしても暗くなる。とてもツラかったから。

でも、もう今さらどうにかなることじゃない。過去のことなんだから。

もう……振り返らない。前に進んでいくしかないんだ。

太陽のことしか見えていなかった時は、自分の気持ちを押しつけるばっかりで彼のことを考えてあげられていなかった。

会いたい時に『今すぐ会いたい』ってワガママを言って困らせたり、連絡が遅かったり折り返しがなかったりすると、すぐにすねたり不機嫌になったり。

私の気持ちに同じように応えてくれない太陽に対して、怒ったりしたこともある。

きっと太陽は、そんな私と一緒にいることに疲れちゃったんだよね……。

「実は、私、最近まで好きだったの、太陽のことが。別れてからも、ずっと忘れられなかった」

どうしてだろう。ちゃんと伝えたいと思った。きっとこれは前に進むための第一歩。

「でも、もう今は大丈夫だから。安心して」

重く受けとられたくなくて、軽く笑いとばした。もう胸が痛むことはない。

それどころか、スッキリしている。

「俺さ……亜子のことは友達として好きで。どうしても、恋愛感情はもてなかったんだよなぁ。友達としては、いいヤツなんだけど」

「それ、かなりひどいこと言ってるって気づいてる？」

「あ、わり」

太陽はごまかすように笑う。

「悪いと思ってないでしょ？」

「はは、バレた？」

やっぱり?

いや、まぁ、いいんだけどね、太陽だし。

そう言えば、友達だった時は、いつもこんなノリだったよね。

付き合ってからは、こんな感じじゃなくなった。思えばいつも、太陽に自分の気持ちをぶつけていたような気がする。

太陽はいつもそんな私を『仕方ないなぁ』という目で見ながら、私に合わせようとしてくれていた。きっと太陽なりに努力をしてくれていたんだと思う。

「私たち、友達のままでいたほうがよかったのかな……?」

流れゆく雲を見つめながらつぶやいた言葉は、青空のなかに溶けて消える。胸がギュッと押しつぶされそう。

あの時の私は友達じゃ嫌だった。でも、太陽は友達でいたかった。大きくすれ違ったままの私たちは、結局ダメになってしまった。

「さぁ、わっかんねー。でも亜子はいいヤツだと俺が保証する」

「いや、太陽に保証されてもね。うれしくない」

「なんだとー! 失礼なヤツだな」

ふくれっ面の太陽はなんだかすごく子どもみたい。久しぶりに太陽のこんな顔を見たなぁ。

「ぷっ」

「ははっ」

お互いに目を見合わせてクスクスと笑う。不思議。なんでだろう。友達に戻ったような感覚。またこんなふうに笑いあえる日がくるなんて思ってもみなかった。

「私、もう教室に行くね」

「あ、待てよ。俺も戻るから」

ふたりで教室のある階まで移動する。授業の合間の休み時間、校舎の中はザワザワと騒がしい。廊下の踊り場でたむろする男子たち。

それまで一緒だった太陽が「じゃあな」と私に言って輪の中に入っていく。太陽に向かって手を振っていると、向かい側から視線を感じた。

「あ、本田君」

体育が終わったあとだからなのか、汗をかいていて髪の毛まで濡れている。

男らしく出っぱった喉仏。半袖のシャツから覗く腕も、じっとりしている。目が合い、なんだか気まずい。

本田君は穴があくほどじっと私の目を見ている。

「な、なに？」

そんなに見つめられたら、落ち着かないんですけど。周りをキョロキョロしながら、沢井さんたちに出くわさないかとヒヤヒヤする。

こんなところを見られたら、またなにを言われるかわからない。

「体育の授業で柳内さんを見かけなかったけど、今までアイツと一緒だったの？」

本田君にしてはめずらしいほどの低い声。『アイツ』が誰なのかは、聞かなくてもすぐにわかった。本田君の視線の先に、太陽の姿があったから。

なんでそんなに怒ったような顔をしているの？

どうしてそんなさげすむような目で私を見るの？

本田君と関わることがなかったら、沢井さんに目をつけられることもなかったかもしれない。こんなにツラい思いをしなくてすんだかもしれない。

お母さんを悪く言われることもなかった。

そう思ったらなんだか我慢ができなくなった。

「……本田君には関係ないよね？」

「それでも……気になるんだよ。なにしてたんだよ？」

熱のこもった力強い瞳と端整な顔立ち。

こんなに真剣にまっすぐにそんなことを言われたら、なんだか悪いことをしているような気になってしまう。

私が悪いのかなって、思ってしまう。

まっ赤になってうつむく本田君。

「俺は——」

本田君がそう言いかけた時、遠くのほうから女子数人が歩いてくるのが見えた。ドクンと心臓が激しく跳ねる。

そこにいたのは沢井さんのグループで、ワイワイ談笑しながらこっちに向かってくる。背筋にヒヤリとなにかが流れた。胸をわしづかみされたみたいにギュッと痛む。

こんなところを見られたらマズい。やばい。

「ごめん！　私、教室に戻らなきゃ」

「え？」

とまどう本田君に背を向けて駆け足になる。教室は、もう目の前だ。うしろのドアから中に入って席に着く。

心臓がありえないほど速く動いて忙《せわ》しない。

たいして疲れてもいないのに、はぁはぁと息が上がっている。さっき沢井さんと目が合ったような気がするのは、気のせいかな。

それにしても……私はなにをやっているんだろう。

本田君が悪いわけじゃないのに、沢井さんの目が気になって関わることを避けてしまう。一緒にいるところを見られたくない。

もうなにも言われたくない。見張られているような気がして怖い。八方塞《はっぽうふさ》がりで身動きができない。

いったいどうすれば、いいのかな。

弱くて強い

「ぷっ」

「ぎゃははははっ」

「だっさー」

上から甲高《かんだか》い笑い声が聞こえる。

「ケホッ、ゴホッ」

なにかが落ちてきて頭に当たった。私の周りを舞う白い粉。地面の上に転がった黒板消しを見て、なにが起こったのか理解した。

「見て、真っ白ー！」

「ウケるー！」

「バーカ」

今までは、ここまであからさまじゃなかったのに、最近すごくひどくなってきた。

すれ違うたびにクスクス笑われたり、ジロジロ見られたり、靴箱の中に画鋲《がびょう》を入れられたり。机の中にゴミが入っていたこともあった。

「超固まってるんですけどー！」

「銅像？」

「あはは」

上を向くことができなくて、そのまま校舎の中に入ってトイレに駆け込む。鏡を見てビックリした。

「見事に真っ白……」

頭のてっぺんがとくに白くて、いくら手で払っても完全には取れない。それどころか、チョークの粉が広がるばかりで、髪の毛がすごくパサパサする。

「はぁ……なんで私がこんな目に……」

ジワジワと涙が浮かんだ。

以前ならこんなことに負けたりしなかった。もっと強かったはずなのに。

いつから弱くなっちゃったのかな。

こんな姿で教室に戻りたくないよ。

午後からは夏休み明けすぐの一大イベントである修学旅行の班決めがあり、欠席すると適当に空《あ》いたグループに入れられる可能性があるからこのまま帰るわけにはいかない。


午後の最初のホームルーム、教室の中はザワザワと騒がしい。

チョークの粉は水で濡らしながら取ると、いくらかマシになったけれど。

私の心は晴れない。

「柳内さんは、どれがいい？」

突然話を振られて、ハッとする。

「えっと、ごめん。なんだっけ？」

愛想笑いをしながら聞き返す。全然聞いていなかったから、話の流れがわからない。

「自由行動のコースだよ。街中をのんびり歩く散策コースにするか、神社やお寺を廻《まわ》るか、南野さんは和スイーツを食べにいきたいって言ってるけど」

「あ、あー。私はどれでもいいかな」

「どれでもいいって……亜子ちゃん、適当すぎねー？　せっかくの修学旅行なのに、もっとテンション上げてかねーと！」

修学旅行を心待ちにしているのか、目をキラキラさせながら語る高木君。

「高木君は小学生みたいだね」

「そりゃ旅行だしな。めっちゃ楽しみ！」

沢井さんたちのことがなかったら、私だって修学旅行を楽しみにしていたはず。でも今は気がかりなことが多すぎて、不安のほうが大きい。

「俺、シカせんべいあげてみたい。つーか、うまいのかな？　シカせんべいって」

「さーな。食ってみればいいんじゃね？」

「おー、いいね！　シカせんべい食ってみたいわ、俺」

「あは、本田君。それ本気で言ってる？」

思わず笑ってしまった。シカせんべいを食べてみたいと思ってる人がいるなんて。

「うん、めっちゃ本気。どんな味がすんのか気になる」

高木君と同じように目をキラキラさせながら、考えることは小学生並み。

女子ふたりと男子ふたり。男女別で好きな者同士でペアを組み、グループ決めは平等にくじ引きで行われた。

私はたまたま隣にいた南野さんとペアを組むことになり、くじ引きで本田君と高木君のふたりと同じグループになった。

「シカせんべいは人間のより少し味が薄いだけで、ふつうのおせんべいだよ」

「「「えっ？」」」

そこにいた全員の声がかぶった。

「さ、咲希ちゃん、鹿せんべい食ったことあんの？」

おしとやかでクールビューティーな南野さんから出た言葉だとは思えなかったようで、高木君は信じられないと言いたげな表情を浮かべている。

「まぁね、好奇心旺盛《こうきしんおうせい》だから」

「マジかー！　それは予想してなかったわー！　いやー、ナイスキャラ！　俺、咲希ちゃんのことを誤解してたかも。おとなしそうに見えて大胆って、俺の一番好きなタイプ！」

「誰も高木君のタイプなんか聞いてないから」

「そして毒舌《どくぜつ》！　ますます俺の好きなタイプだわ」

「私は高木君のようなチャラチャラした人が一番苦手なタイプだけどね」

「あちゃー、嫌われたー」

「嫌われたっていうか、苦手なの。最初から」

「じゃあ、これから仲よくなろうよ」

まったくもって噛みあわない会話。それでも高木君は笑っている。なんだかおかしくて、私も笑ってしまった。

「やっと笑ったな」

本田君が私にしか聞こえないような小さな声でささやく。そして、ホッとしたように頬をゆるめた。

もしかして、心配してくれていた？

気をつかわせちゃったかな。

「さー、気を取りなおしてプラン立てようぜ。亜子ちゃん、シャーペン借りるな。机の中失礼しまー。あれ？　亜子ちゃんの机の中、教科書が一冊も入ってねーじゃん」

「え、あ。ど、ど忘れしちゃって！　だから今日は南野さんに教科書見せてもらってるのー！　バカだよね、あはは」

そうやってごまかしている自分がとても情けない。

「ははっ、ドジだな、亜子ちゃんは」

　高木君は信じてくれたみたいで笑ってくれた。

「それ、マジ？」

　今度は本田君。私の右斜め前に座って、食いいるように見つめてくる。南野さんも向かい側で複雑そうな表情を浮かべている。

「毎日のようによく教科書見せてもらってるよな？　ふつう、そこまで忘れるってありえないだろ。もうずっと様子が変だし、なにかあったんじゃねーの？　様子が変なのと、教科書のことは関係してるんじゃねーの？」

「な、なに言ってんのー。そんなわけないいじゃん」

　鋭いところをついてくる本田君にギクリとする。つい癖でまた愛想笑いで返してしまった。こんな時こそ笑っていなきゃ、よけいにみじめになる。

「全然笑えてないよ」

「……っ」

　本田君の言葉はまっすぐすぎる。やっぱり変化球が得意だなんて信じられないよ。

「はぁ。誰のせいでこうなってると思ってるのかな」

黙ったままでいると、南野さんがポツリと嘆いた。誰に言うでもなく、視線を宙にさまよわせながら。

「え、なんだよ、それ。意味わかんねーし」

「私の口からは言えないけど」

「はぁ？　どういうことだよ」

「直接、柳内さんに聞きなよ」

ムキになる本田君と冷静な南野さん。本田君は明らかにおかしいと思っている。

「柳内さん、今日の放課後時間ある？」

「………」

「ないって言われても、今日だけは空けてもらうから」

なにも答えていないのに、どうやら断られると思ったのかその発言。高木君もどうやらことの深刻さがわかったのか、さっきまでのテンションではなくなっている。

どうしよう……。

ぐるぐるぐるぐる。

思考がまとまらないまま迎えた掃除の時間。私は今日も中庭の掃除担当だった。この前の黒板消しのことがあるし、できるだけ校舎のほうに近づかないようにしながら掃除をする。

ほうきで校舎周りをはいていると、ザバーッとまるで大雨でも降ってきたかのような大量の水が目の前に落ちた。

「もー、狙い外《はず》れてんじゃん」

「ダメだよー、もう少しこっちに寄ってくれなきゃ」

この前と同じ甲高い声。

水はかぶっていないけど、胸が押しつぶされそうなほどギュッと痛む。

「今度はこれなんかどう？」

「あはは、いいね！　面白そう！」

パチパチと手を叩きながら、楽しそうな声。それは沢井さんの声だった。

こんなことをして、なにが楽しいの？

どうして、笑っていられるの？

胸がカーッと熱くなる。だけど今の私には、なにもできない。そんな勇気もない。

下を向いたまま身動きが取れずにいると、誰かが走ってくる足音が聞こえた。

「柳内さん！」

え？

「危ない！」

いきなり腕を掴まれたかと思うと、思いっきり引き寄せられた。頭の上からおおいかぶさるようにきつくギュッと抱きしめられる。目の前が真っ暗で、なにも見えなくなった。

次の瞬間、なにかが落ちてくる小さな音がした。「いてっ」と耳もとで誰かが声をあげる。小さなものがたくさん落ちる音。

なにが起こっているんだろう。わからないけど、全然痛くないのは守られているから。分厚い胸板にがっしりとしたしなやかな腕。この温《ぬく》もりには覚えがある。

「本田、君？」

「大丈夫か？」

少しも腕の力をゆるめることなく、そう聞いてくれる本田君。

「は、離して」

「嫌だ」

熱い吐息《といき》とともに吐きだされる声にドキッとする。さらには腕の力を強めて、隙間がないくらい密着してくる。

「ほ、本田君……」

恥ずかしいよ。それに……上から沢井さんに見られているのかと思うと怖くてたまらない。

身をよじって身体を離し、本田君の胸を押し返す。そうすると、本田君の身体はすぐに離れた。

「私は大丈夫だから。それより、本田君は？」

視界がひらけて、視線の先には地面の上に転がるシャーペンや消しゴム。さらにはハサミやカッターナイフ、コンパスまで落ちていて、すべて刃や針がむき出しになっている。

こんなものが上から落ちてきたの？

もし、カッターの刃やコンパスの針が頭や顔にでも命中していたら……。

そう思うと怖くてたまらなくなった。それと同時に、そこまで恨まれているのかとショックを受ける。

本田君まで巻き込んでしまうなんて。

「なんでこんなもんが上から落ちてくんの？」

地面に落ちているものを見て、本田君がつぶやく。校舎を見上げながら、

「さ、さぁ……誰かが間違って落としたのかな？」

苦しまぎれの言い訳。こんなの誰も間違えて落とすはずがない。

「いやいや、真面目に聞いてんだけど」

さすがの本田君も私の言い訳に呆れている。

「故意にやられたんじゃねーの？」

「故意にって……そんなわけないじゃん」

どうやらさっきの沢井さんたちの会話は本田君の耳には入っていなかったらしく、彼女たちの仕業だということには気づいていないようだ。

「最近、なんか様子がおかしいのも、そのせいだろ？　なんで俺にはなんも言ってくんねーの？」

この様子だと本田君は、私が嫌がらせを受けていることには気づいている。でも私はそれを素直に打ちあけるほど強くない。

笑って……ごまかさなきゃ。

「もー、だからほんとになんでもないってばー！　本田君って、意外と疑い深いよね！　あははっ……」

自分で言ってて頬が引きつる。こんな状況なのに、どうして笑っているんだろう。バカバカしくなってきた。

「ごまかしてんじゃねーよ」

責めるような目で見られて、ヒヤッとした空気が胸に流れ込む。息がうまくできなくて、苦しい。引きつった頬が痛い。

どうして私が責められなきゃいけないの？

「本田君には関係ないって言ってるんだよ！　迷惑なんだよ。しつこいんだよ！　なんでもないって言ってるんだから、ほっといてよっ」

胸がズキズキヒリヒリする。息が……苦しい。頭がクラクラする。必死に酸素を取りいれようと、浅く速い呼吸を繰り返す。

動悸がしてきて、逃げだしたい衝動にかられる。気づくと私はその場から駆けだしていた。

校舎の中に入って階段を駆けあがる。

「はぁはぁ……」

く、苦しい。

もうなにもかも全部が嫌だ。どうして私がこんな目に遭わなきゃいけないの。傷つかなきゃいけないの。沢井さんはいったい、なにを考えてるの。どうしたいの？

私をイジメて楽しい……？

屋上のドアの前まで来ると、私は背を預けてそこに座り込んだ。心臓がドクドクいってる。暑くて汗が額に浮かんでいた。

八方塞がりでどうすることもできない。自分がどうしたいのかさえも、わからない。

校舎の中はひとけがなくてシーンとしていた。そんななかで目を閉じると、いくらか呼吸が落ち着いてきた。だけど心臓はすごい速さで動いている。

もうなにも考えたくないのに、本田君のことが頭に浮かぶ。あそこまで言うことなかったかなって、言ったあとに後悔しても遅いのに。

私っていつもそう。カッとなった時に、後先考えずに思ったことを言ってしまう。

とくに本田君には、かなりズバズバ言っている気がする。

でもさ……本田君が悪いんじゃん。

本田君には、ついついムキになってしまう。感情がむき出しになってしまう。きっとそれは、本田君自身が、私に本気でぶつかってくれているからだ。

だから、ついきつい口調になっちゃう。

本心を見透かされていそうで怖いから、正面から向きあうと逃げだしたくなる。

そんな私は……弱い人間だ。

それを認めてしまうと、もう立ち上がれないような気がして怖い。だから私は逃げることを選んだ。自分が無力で弱いヤツだなんて認めたくない。

そう……認めたくないんだ。

「あんたさぁ」

恐る恐る階段を降りて教室に入ると、とがった声が私の胸を貫《つらぬ》いた。肩がビクッと揺れて、足が止まる。

目の前に立っているのは沢井さんで、どうやら私を待っていたらしい。色のない瞳。冷えきった表情。沢井さんがなにを考えているのか、まったくわからない。

張りつめた空気が増して、どんどん重苦しいものに変わっていく。立ちつくしていると、一歩、また一歩と沢井さんが近づいてきた。

「どういうつもり？　なんで草太に近づくの？　あれほど、やめてって言ったよね？」

「そ、それは……」

どう言えば納得してもらえるんだろう。わかってもらえるんだろう。許してもらえるんだろう。

わからないけど、これだけはわかる。

きっと、なにを言っても沢井さんは許してくれない。最初から私を許す気なんてないってこと。

「あんた、片親らしいじゃん。父親に育てられたから、甘えるのも上手だよね。そうしていれば、男がなんでも言いなりになるって思ってる？　さっきだって、草太に助けてもらってバカみたいにうれしそうにしちゃって」

私の前まで来て、鋭くにらみつけてくる沢井さん。

「草太に告げ口して、あることないことあたしの悪口を吹き込んだんでしょ？　あんた、ほんとウザい。っていうか、ムカつくんだけど」

心ない言葉が胸にグサッと刺さる。

「そんなことしてないけど？　私……沢井さんになにかした？　どうしてここまでされなきゃいけないの？」

勇気を振りしぼって、聞いてみた。

嫌いだからって言われたらそれ以上の理由はないんだろうけれど、それでもやっぱり納得できない。嫌いなら放っておいてくれればいい。関わらなければいい。

「なんでって、嫌いだから。とくにあんたみたいなブリッ子は、この世で一番嫌い。今すぐあたしの目の前から消えてほしい。二度と顔も見たくない。とにかく存在が嫌なの」

ストレートな言葉がグリグリと胸をえぐる。息苦しくて、今すぐこの場所から逃げだしてしまいたい。

でも、ここで逃げちゃいけない。

「私だって、人を傷つけて楽しんでる人が一番嫌いだよ。こうやって向かいあってることも嫌だし、話したくないとさえ思ってる。お願いだから、こんなことはもうやめて？　沢井さんだって、昔はイジメられてたんでしょ？　だったら、気持ちがわかるよね？　それなのに、なんでこんなことができるの……？」

わからないよ、沢井さんのことが。

「なんであんたに指図されなきゃいけないわけ？　言ったよね？　草太に近づくなって」

さらに冷ややかに私を見下ろすその瞳。沢井さんの表情はまるで仮面のよう。

「あんたがあたしの忠告を聞かないから、こんな目に遭うんじゃん。あれだけ言ったのに、なんで草太に近づくわけ？　許せない、あんただけは。草太だけが……今のあたしの光なんだよ！」

敵意むき出しの目が容赦なく身体中に突き刺さる。

「だったら……本田君にぶつかればいいじゃん。なんで私なの？　こんなことしたって、本田君は振り向いてくれないよ？」

「うるさい！　あんたなんかに、あたしのなにがわかんの？　あたしはねぇ、中学の時からずっとずっと草太を見てきたの！　草太一筋だったの！　告白だってしたけど、ふられて……すごくツラかった。それでもあきらめられなくて、ずっと好きで……っ。草太があんたに告白してるところを偶然見て、それであんたのことが許せなくなった。

あんたなんか、いなくなればいいんだよ！」

沢井さんは呼吸を荒くして、目を見開き、感情をあらわにしている。その目には、うっすらと涙が浮かんでいた。

「あんたなんかの、どこがよかったの……？　なんで、あたしじゃダメなの？　こんなに……こんなに、好きなのにっ」

胸がカーッと熱くなって、焼けるような灼熱感が襲った。無意識にきつく握りしめた手のひら。呼吸がしづらい。でも次第に冷静に考えることができるようになった。そしたら、だんだんムカついてきた。

ぎゅっと握った拳が震える。

「それは本田君に直接聞きなよ。私を恨むのは筋違いでしょ」

「うるさいっ……！　恵まれてるあんたなんかに、あたしのみじめな気持ちなんてわかんないんだよっ！」

「恵まれてる？　私が？　べつに、私と本田君は付き合ってるわけじゃないし。なんなら、私だって忘れられない人がいるし……ずっと引きずってすごく苦しかったんだからっ！　それなのに、こんなことされて……教科書かしてくれる友達もほかのクラスにはいないし……困ってるんだけど！」

ああ、もう。なにを言ってるの、私は。誰にも言ったことがなかったのに、よりによって沢井さんに打ちあけるなんてどうかしてる。

「う、うるさい！　誰もあんたのことなんて聞いてないんだよ！」

「そうだけど……なんだか言いたくなっちゃったんだよ！　私と沢井さんが、あまりにも似てるから……言っとくけどね、私は沢井さんみたいに誰かに嫌がらせをしたりはしてないよ！」

「あ、あたしだって……あたしだって、したくてしてるわけじゃないし！　あんた見てると、ムカつくから……っ」

お互いにヒートアップしていき、息が上がる。沢井さんに至っては、途中で時々涙をぬぐっていた。

「ムカつくからって、こんなことしないでよ！」

強気でそう言うと、沢井さんは急に黙り込んでうつむいた。

「だって……似てるんだもん」

さっきまでの勢いをなくしたその声色《こわいろ》は、明らかに元気がない。

似てる？

誰に？

わけがわからなくて首をかしげる。

「中学の時、あたしをイジメてた女子とあんたが似てんの！　同じような身長で、クラスのリーダー格で、声まで似てるし、ブリッ子だし。顔は似てないけど、雰囲気がとにかく似すぎてて、ウザいんだよ」

またギロッとにらまれた。

「そ、そんなこと私に言われても……」

「わかってるよ、わかってんの！　こんなことをしても、草太が振り向いてくれないってことくらい。あんたに言われなくても……わかってる」

小さくて弱々しい声だった。

「それなら……」

「わかってるけど、どうにもならないことってあるじゃん。あたしをイジメてたヤツに似てるあんたが、草太に好かれてるって……あたしのなかで、どうしても許せなかったんだよ」

わかるけど、わかりたくないような。それでも沢井さんのしていることは間違っている。沢井さんも、それを認めてくれた。

きっと沢井さん自身も今までたくさん葛藤《かっとう》してきたんだろう。だからって、許せるわけじゃないけれど。

「謝ってほしいとは言わない。教科書だけは返してくれないかな……？」

「ほかに借りる友達がいないって、さみしい人だね、あんたも」

ズズッと鼻をすすりながら言う沢井さんは、もう私をにらんではいない。

「うるさいなぁ、ほっといてよね」

「ほっとくわよ……あんたのことなんか。安心して、もう関わらないから。っていうか、関わりたくもないから」

「それは、こっちのセリフだからっ！」

さっきまでの険悪《けんあく》なムードはなく、張りつめていた空気がゆるんでいくのがわかった。

完全にわだかまりがなくなったわけじゃないし、許せるわけじゃない。沢井さんのことは、この先も好きになれないと思う。

でもなんとなく通じるものがあって、それを共有することで少しだけ心が軽くなったような気がする。

「教科書はあたしのロッカーに入ってる」

「そうなんだ……」

「ダメだ、もうやめようって。明日こそはやめるって、毎日思ってた。でも、歯止めがきかなくなって。そうしないと、安心できなくなってた。最低なことをして……ごめん」

「…………」

沢井さんは強い。自分の非や弱さをちゃんと認めて謝ってくれた。

「いつか許せる日がきたら、今度は友達になれるかもね、私たち」

私はそう言って沢井さんの目を見て笑った。沢井さんもかすかにだけれど、口もとをゆるめてくれたように見えた。

——ガラッ。

「わりぃ。途中から話を聞いてたんだ。沢井、今後柳内さんになにかしたら、俺が許さないから」

突然、扉を開けて教室に入ってきたのは、本田君だった。

沢井さんは、驚きの表情を見せたあと、目を伏せながら黙ってうなずいていた。


次の日——。

私はドギマギしながら野球部の朝練を遠くからこっそり覗いていた。

ランニングが終わるとペアを組んでキャッチボールを始める野球部員たち。そんななかでひときわ目立つ本田君の姿。

元気なセミの鳴き声と一緒に、ボールがグローブに吸い込まれていく鈍い音がそこら中に響いている。

朝のうちはまだ涼しいからいいけれど、午後からの部活は暑くて大変だよね……。

そんなことを考えながら、遠くにいる本田君を見つめる。

昨日は沢井さんにガツンと言って助けてくれたのにお礼も言えず、さらにはその前に、ひどいことを言ってしまい、今さらながらに後悔していた。

「あっれー？　なにやってんの、亜子ちゃん」

「ひゃあ」

いきなりうしろから肩を叩かれて、飛びあがるほどビックリした。驚きで心臓がバクバクいってる。

ヘラッとしながら目の前に現れたのは高木君だった。

「もう、ビックリするじゃん」

「はは、ごめんごめん。あまりにも夢中で草太を見つめてるからさ」

「む、夢中？」

「あれ？　違うんだ？　熱い視線を送ってるように見えたけど？」

「な、なに言ってんの！　そんなわけないからっ」

「隠さなくていいって」

からかうように笑う高木君が憎たらしい。

「ちーがーうーかーらー！」

「じゃあなんでコソコソ見てんの？」

「そ、それは、ちょっと謝りたいことがあって……でも部活中だし、教室だと落ち着かないしで、どうしたもんかと……」

思っていたところだったんだよ。

「あー、それで昨日、草太のヤツはテンションが低かったのか」

「え？　そうなの？」

「アイツ、帰り際は心ここにあらずって感じだったよ。やっぱり亜子ちゃんが原因かー。早く仲直りしろよ」

「……っ」

罪悪感がこみあげて胸がヒリヒリする。ああ、昨日の私のバカ。

「中庭で待ってて。俺が呼びだしてやるから」

「え？」

「俺は草太の味方でもあり、亜子ちゃんの味方でもある。すなわち、いいヤツだから！　協力するよ」

高木君なりに本田君を心配しているんだろう。

「自分で自分をいいヤツって言うのはどうなの？　でも、ありがとう」

高木君はさり気なく優しい。おおっぴらにアピールしてくるけど恩着せがましくないのは、気をつかってくれているからなのかもしれない。

さっそく私は中庭で本田君を待つことにした。

朝練が何時までなのかはわからないけど、現在の時刻は八時を少しすぎたところ。きっと、もうすぐ終わるはず。

どう言おうかな。ちゃんと言えるかな。なにから言おう。許して……くれるかな。許してくれなかったらどうしよう。それと、昨日のお礼もちゃんと言わなくちゃ。

「柳内さん！」

――ドキン。

き、来た。

どうしよう、緊張するよ。

でも、言うべきことはちゃんと言わなきゃ。

弱さを認めて強くなりたいから。

本田君はユニフォーム姿のまま私の目の前まで走ってきた。息を切らしながら、顔に流れる汗を腕でぬぐっている。

「はぁはぁ、ごめん。遅くなった」

太陽の下、本田君のユニフォーム姿がまぶしい。

「ううん！」

ブンブンと首を横に振る。

素直になるって決めたのに、いざとなると緊張してなにから話せばいいのやら。

向かいあっていることが気まずい。早くなにか言わなきゃ。なにか。

「あ、あのね」

「あの、さ」

「『昨日は、ごめん！』」

一息で言って頭を下げた。すると、私と目線を合わせようと腰を曲げて同じように頭を下げた本田君の頭と私の頭がすごい勢いでぶつかった。

「いてっ」

「いたっ」

ゴンッという音が聞こえて、すぐにジンジンと痛みが襲ってくる。声を発したタイミングまでもが同じで、痛いのになぜか笑えてきた。

「ぷっ」

「あはは」

私と同じように本田君も頭を押さえながら笑った。

顔を見合わせて笑ったあと、またすぐに沈黙《ちんもく》が訪れた。だけどなんとなく空気は和んでいて、さっきまでの気まずさはない。

「昨日はありがとう。本田君が沢井さんに言ってくれるなんて……ビックリした。それと、この前はひどいこと言ってごめんね」

「俺のほうこそ、ごめん。まさか沢井が柳内さんに嫌がらせしてるなんて思わなくて。柳内さんが元気なかったのって俺のせいだよな。本当にごめん！」

「ううん、本田君のせいじゃないよ」

「柳内さんって、なんでもひとりで抱え込みすぎだよ。もっと人に頼ってもいいと思う。とくに俺とか。そしたら、もう絶対傷つけたりしないのに。守ってやるのに。マジごめん……」

いいって言ってるのに本田君は申し訳なさそうな表情をくずさない。

「私、人に頼るのってなんとなく苦手で……どうすればいいか、わからないんだよね」

四人姉妹の末っ子としてかわいがられて育ったけど、自分のことは自分でやらされてきたし、うちの親はしつけに厳しいほうだった。

だからいまいち、人への頼り方ってわからないんだ。

「モヤモヤしたり、嫌なことがあった時に俺に話してくれれば、それだけで気持ちが楽になることだってあると思う。大層に考えなくても、なんでもいいんだよ。テストが0点だったとか、昨日親に怒られたとか」

「あは、なにそれ」

「俺は柳内さんのそういう何気ない話を聞きたい。なんでもいいから話してもらえるだけで、頼られてるって感じがするんだよ」

そういうもんなの？

本田君ってやっぱりちょっと不思議な人だ。

でも嫌いじゃない。

ううん……むしろ。

ドキドキするのは、きっと気のせい

「へえ、それでそれで？」

キラキラと輝く結愛ちゃんの瞳。長い髪をかきあげる結愛ちゃんは、最高に女の子らしくて見惚《みと》れてしまう。

「それで、仲直りしたっていう話だよ。べつに、それからはなにもないからね」

これまでにあった本田君とのことを初めて結愛ちゃんに話した。

気づけばもう夏休みに入って、すでに一週間が経過している。毎日ゴロゴロしているだけの日々は、退屈だけれど心地いい。

「だって、告白されたんでしょ？　そこまで想ってもらえて、愛されてるね、亜子ちゃん」

「そ、そんなことないよっ！　結愛ちゃんったら！」

口ではそう否定するものの、顔はまっ赤になっている。

唯一の友達の結愛ちゃんとカラオケ店に来ていた。フリータイムで歌いつくしたあとは、お互いの近況を語る時間だ。結愛ちゃんとは学校が違うから、積もる話がいっぱいある。

「亜子ちゃんってば、赤くなっちゃってー！　かわいいんだから」

「そ、そんなことないもんっ」

ムキになればなるほど逆効果。結愛ちゃんはニンマリ笑っている。背中まで伸びたストレートの髪と、スラリとした手足。全体的に華奢で、背が高くて、目鼻立ちがしっかりとした美人さん。

「でも、よかったよ。その沢井さんって人が、それからなにもしてこなくて。それにしても、すごい自分勝手だよね！　話聞いててイライラしちゃった。なにより、あたしの大事な亜子ちゃんになにしてんのって感じ！」

プンプンと頬をふくらませて私のために怒ってくれる結愛ちゃん。怒っているのにかわいくて、なんだか和む。

「あは、ありがとう。でももう大丈夫だよ」

あれ以来、沢井さんは宣言通りなにもしてこなくなった。廊下ですれ違っても、ヒソヒソ言われることもなくなった。

きっと、もう大丈夫。

「ねぇ、本田君のことが気になってたりはしないの？」

「え？」

「だってだって、本田君ってすっごい亜子ちゃんのことが好きじゃん！　真面目な人っぽいしさ、あたし的にはいい感じの人だと見てるんだけど」

ものすごくキラキラした瞳を向けられて、明らかになにかあることを期待している結愛ちゃん。

「一緒にいてドキッとすることはあるけど……そんなんじゃないよ」

そう、違う。気になってたりするはずがない。

「太陽君と別れてそろそろ一年だけど、まだ新しい恋に踏みだせない？」

「新しい、恋……そっか、もう一年も経つんだ」

去年のちょうど今頃、太陽に浮気疑惑がもちあがって苦しんでいたっけ。今となってはもう懐かしい出来事。

だけどあの時は苦しくて悲しくて、本人に聞くのも怖くて、ただ泣いていた。

太陽に未練《みれん》はないけど、思い出すとツラくて苦しい気持ちが蘇《よみがえ》る。ズタズタに傷つけられて、もう二度と笑えないんじゃないかって思った去年の夏。

『亜子といると疲れるんだよ』

太陽の言葉は私の心に深い傷跡を残している。もう二度と心がはりさけるような、あんな思いはしたくない。

「まだ……恋はいいかな」

「そっか、まぁ、亜子ちゃんがそう言うならね。でもあたしは、いつかお互いイケメンな彼氏を見つけてダブルデートするっていう約束、忘れてないからね」

「もう、結愛ちゃんってば。まだまだ先のことだよ」

「えー、そうかな？　あたしはわりと近い未来にかなうような気がしてるよ」

あははと結愛ちゃんの言葉を笑いとばす。きっと本田君が今の私を見たら、無理して笑ってるって言うんだろうな。

もちろん本田君のことは好きだけど、友達としてっていう意味で。そこに恋愛感情はない。あるはずがない。

暗い部屋の中で突然スマホの画面が光った。そこに映しだされた文字は『本田君』。

「電話だ」

どうしたんだろう。

「早く出たほうがいいよー」

結愛ちゃんはまたからかうように笑う。

「ごめんね、ちょっと外行ってくる」

結愛ちゃんの前で話すのは照れくさくて、私はスマホを手にして部屋の外に出た。

それにしても、いきなり電話をしてくるなんていったいどうしたんだろう。

なにかあったのかな？

なんだか少しドキドキしているのは、きっと気のせい。

「もしもし」

「あ、柳内さん？　いきなりごめんな。今、大丈夫？」

久しぶりに聞く本田君の優しい声。電話の向こう側で、どんな顔をしているのかが想像できた。

「大丈夫だよ。どうしたの？」

「いや、うん、あのさ。明日なんだけど、空いてたりする？」

明日？

なんだろう？

「ほら、拓也が前に言ってただろ？　夏休みにみんなで花火しようって。それが明日になったんだけど、来れる？」

「そういえば、言ってたね。うん、大丈夫だよ」

「っしゃ！　じゃあ、明日夕方四時に迎えにいくから！」

「え？」

――プープープープー。

繰り返される虚しい音。返事をする前に電話は切れた。

「べつに、迎えにきてもらわなくても大丈夫なのに……」

本田君って相変わらず強引だ。

電話を終えて部屋に戻ると結愛ちゃんに根掘り葉掘り聞かれて、結局電話の内容を話すことになってしまった。

「応援してるから、がんばってね」

「な、なに言ってんのー、がんばらないよ」

結愛ちゃんったら。

「それより、結愛ちゃんこそ彼氏とどうなの?」

「あたし?」

「ラブラブなんでしょ?」

「えへへっ、まぁね」

控えめに言って、赤くなる結愛ちゃん。かわいくて、つい頬がゆるむ。

そのあとも結愛ちゃんの話で盛りあがって、気づけばもう夜遅い時間。そろそろ帰ろうということになって、カラオケ店を出た。

今から彼氏が迎えにくるという結愛ちゃんとバイバイして、家路《いえじ》につく。

その間ずっと、本田君のことが頭から離れなかった。


どうして?

なんで?

時計の針が進むたびにドキドキしているのは。

あと十分で約束の四時になる。朝からソワソワして落ち着かなくて、家の中をムダに行ったりきたり。これから本田君と会うのに、緊張してしまっている。

——ピンポーン。

「わっ」

——ドキン。

チャイムが鳴って本田君かどうかもわからないのに、思いっきり心臓が跳ねた。インターホンに映しだされたのは、私服姿の本田君。

「は、はい」

「あ、俺だけど」

「すぐ下に行くね」

そう言って通話を切ると、準備していた夏らしいカゴバッグを持って玄関へと向かう。全身鏡に自分の姿を映して最終チェック。

今日は薄くメイクをして、服は水玉模様の淡い水色のワンピース。白いカーディガンを羽織《はお》って、日焼け対策もバッチリ。

髪型は昔からずっとボブカットで飾り気がないけれど、今日はハート型のかわいいピン留めをつけてみた。

大きなお花が中央についたサンダルを履いたら完成だ。

「よし、いってきまーす」

当然だけど返事はない。だけど今日は、今日だけはさみしくなかった。

エレベーターを待つ時間がもどかしい。それほど私は今日という日を楽しみにしているってことなのかな。

それとも……本田君に会えるから？

いやいや、そんなはずはない。

だって、この前まではそんなんじゃなかったもん。

エレベーターの中で胸に手を当てる。落ち着け、落ち着け。心で唱えながら言い聞かせる。大きく深呼吸もしてみた。

だけど、心臓のリズムは変わらない。なんでこんなに意識しちゃっているんだろう。

結愛ちゃんが変なことを言うからだよ、うん、絶対にそうだ。

本田君はエントランスの柱にもたれかかりながら立ってスマホの画面を見ていた。

背が高くて体格がいいから、とても目立つ。

「お待たせ」

駆け寄りながら言うと、本田君がゆっくりと顔を上げた。本田君の私服は一言で言うと、とてもシンプル。ゆるめのジーンズにTシャツ姿だった。

「わざわざ来てもらっちゃって、ごめんね」

「………」

あ、あれ？

目は合ってるのに、返事がない。

本田君はなぜかポカンと口を開けて私を見て、固まっている。

「おーい、本田君？」

どうしたの？

そんな本田君の目の前で手を振ると、本田君はハッとして瞬《まばた》きを数回繰り返した。

「わ、わり。柳内さんが、あまりにもかわいい格好してるから。制服の時とずいぶん雰囲気が違うなって」

「か、かわいい？」

今度は私が目を見開く。

そんなにストレートにはっきり言われるなんて思ってなかった。

みるみるうちに頬が赤くなっていくのが、自分でもよくわかった。

ダメだ、本田君といると調子が狂う。

「さぁ、行こっか」

気を取りなおして歩きだす。恥ずかしくて本田君の顔を見られない。赤くなっているのを見られるのも嫌で、追いつかれないように足早に歩いた。

でも身長差があるから、すぐに隣に並ばれてしまった。

「柳内さんは身長低いから、急いでてもすぐに追いつくよ」

クスッと笑いながらそんなことを言う本田君が憎らしい。

「それって失礼じゃなーい？」

「ははっ」

――ホッ。

今、普通に話せてるよね？

赤かった顔も、次第に落ち着いてきた。

青空からはサンサンと太陽の光が降りそそいでいる。まぶしくて、溶けそうで、じっとしていても汗ばむようないい天気。暑いけど湿気はなく、スッキリしている。

夏休みに入って本田君はさらに黒くなっている。思わずじっと見ていたら、思いっきり目が合った。

「ん？」

「いやー、真夏の部活は大変だなと思って。熱中症になったりしない？」

「あー、そういや何人かバテ気味だけど、俺は全然大丈夫。体力だけは、誰にも負けない自信がある」

夏の暑さをものともせずに、本田君は爽やかな笑顔を浮かべる。

ずっと野球をやってるんだもん、暑さにも慣れっこなのかな。すごいなぁ。

「そういえば、試合があるんだっけ？」

前にそんなことを言ってたような気がする。

「あ、もう終わった」

「え？　そうなの？　行きたかったのにー」

「え？　マジで？」

「私、スポーツ観るの好きなのにー」

「なんだ、俺に会いたいって思ってくれたわけじゃないのか」

「えっ？」

――ドキッ。

「そ、そんなこと、思うわけないじゃん！」

なぜだかちょっとムキになってしまった。顔が熱いのは、なんでだろう。

「俺は会いたいって思ってたけどな」

うっ。

そんなすごいことをサラッと言わないでよ。

恥ずかしいんですけど。

本田君の余裕たっぷりの横顔をジトっと見る。すると、私の視線に気づいたらしい。

こっちを見て、苦笑いを浮かべた。

「困った顔をさせたいわけじゃないんだけどさ、夏休みに入ってから柳内さんに会えなくなってさみしいっていうか。だから、今日は来てくれてサンキュー」

「べ、べつにお礼を言われるようなことはしてないよ。それにしても、花火をするにはまだ明るすぎるよね」

照れくさくて、話題を変えた。これ以上話していると、こっちがおかしくなりそうなんだもん。

『さみしい』なんて、そんなこと……言わないでよ。

本田君のバカ。

「実は、待ち合わせはまだ先なんだよ。今日は柳内さんに俺のとっておきの場所に案内したくてさ」

そう言って自慢気に笑う本田君。その笑顔がまぶしくて、ドキッとする。

「とっておきの、場所……？」

「傷ついた時とか、嫌なことがあった時に行くと癒やされるんだ」

「どこどこ？」

「着いてからのお楽しみってことで」

歩いていると駅に着いた。改札前を素通りした本田君は、どうやら電車に乗るわけじゃなさそうだ。駅の反対側に降りたった。

そこにはタクシーやバス乗り場がある。

そこで本田君はバス停まで来ると時刻表を確認した。この辺は都会だからバスの本数はたくさんある。

それにもかかわらず、本田君のお目当てのバスはなかなかやってこない。待つこと数十分、ようやくバスが来た時にはじっとりと汗をかいていた。バス停で路線図を見ても知らない地名ばかりで、どこへ行こうとしているのか見当がつかない。

バスに乗り込み、ふたりがけの席に座る。中は冷房が効いていて、とても涼しい。お客さんはそこまで多いわけじゃないけど、座席がちらほら埋まるくらいにはいる。

停留所を出発すると、バスは思わぬ方向へ走りだした。

しばらく走ると、ガタガタと大きく左右に揺れた。さらには道も細く狭く、険《けわ》しくなってきた。多少の土地勘はこの一年で身についたけど、こんな山道は初めてだからどこに向かっているのかわからない。

「どこに行くの？」

「まぁまぁ、焦るなって」

「気になるから聞いてるんだけど」

「柳内さんって、案外待てないタイプなんだな」

クスッと笑われてムッとする。

「だって……気になるんだもん」

そう言ったけど、本田君は笑っているだけだった。

バスが終点に着いたのは、それから三十分ほど経ってからだった。

本田君が立ちあがり、お客さんは私たち以外にはもう誰もいない。

標高が高く見渡す限り山しか見えなくて、こんなに自然にふれあえる場所がこの町にあったなんて驚きだ。

しばらく山道を登ると、道路の幅が一部広くなっている場所に出た。バイク用の駐輪場と、車が何台か停められるスペースがあり、そこにはベンチが置いてあって、休憩ができるようになっている。

「わー、すごいっ」

視界に広がるのは山ばかりだけど、ここからだけは町の景色が見下ろせるようになっていて。さっきまでバスで走っていた道や、山のふもとにある家が小さく見える。

時々山から吹いてくる風が涼しくて気持ちいい。草木がそよぐ音に、大きなセミの鳴き声。夏の匂《にお》いがする。

それに――。

「本田君！　太陽が目の高さにあるよ！　こんなの、初めて！」

あまりにも絶景すぎて、ついテンションが上がる。すごい奇跡の瞬間を見ているみたいだよ。

「ホントにすごいね！　本田君の言う通り、癒やされる気持ちがわかるかも」

高い所に来ただけで、空気が澄んでいるような気がして心が洗われる。

よっぽど子どもみたいな顔をしていたんだろう。隣で本田君がクスッと笑った。

「俺のお気に入りの場所なんだ。あんまり人に知られたくないから、ほかのヤツには秘密な」

「うん、誰にも言わないよ」

ふたりでしばらくそこから景色を眺めた。徐々に日がかたむいてきて、太陽が沈みはじめる。

あたり一面オレンジ色に染まって、本田君までもが煌々《こうこう》と輝いている。夕方から夜に変わるこの雰囲気が、とても好き。

「あのさ」

「うん？」

遠慮がちに口を開いた本田君に首をかしげる。

「柳内さんは、まだアイツのことが好きなの?」

「え?」

アイツって……。

太陽のこと……だよね?

「それ、は……」

なんだか言いにくくて言葉に詰まる。

こんな時、どう言えばいいのかな。

どう言うのが正解なのかな。

わからないよ。

「また困ったような顔してる」

眉を下げてさみしげに笑う本田君は、一歩ずつ私に近づいてきて目の前に立った。

オレンジ色の夕陽を背にしている本田君は、なぜだかすごくカッコよく見える。

ドキドキと高鳴る鼓動。本田君以外、なにも見えない。

「俺はまだ、柳内さんの一番にはなれない?」

その言葉に胸の奥がキュッと縮んだ。本田君がそばにいると、心が乱される。普通じゃいられなくなる。翻弄される。振りまわされたくないのに、冷静でいたいのに。そうさせてくれない。

「な、なに言ってんの。私は」

もう誰も好きになりたくない。誰かを好きになって、傷つくのはごめんだ。浮気されて裏切られて、毎日のように泣いてすごした日々。別れてからも、すごくツラかった。好き……だったから。誰かを好きになって、もう二度とあんなツラい思いはしたくないんだよ。

それにね、本田君の気持ちがずっと私にあるとは限らない。太陽の時がそうだったように、友達でいたほうがよかったって思われるかもしれない。

そうなったら、また傷つくことになる。

一度そんな経験をしてしまったから、誰かを好きになることが、とてつもなく怖い。

だから、今のままが一番いい。

ずっと、このままじゃダメなの？

本田君とは、友達のままがいいよ。そしたら、傷つくこともないでしょ？　笑っていられるでしょ？

「本田君は一番だよ？　私の男友達として」

ごめんね。

そんなふうにしか言えなくて。

ヘラッと笑ってそんなふうに言う私を許さなくていい。どうかこのまま平穏な状態でいさせて。

「俺はもう、友達としてじゃ満足できねーんだけど」

不意に腕を掴まれ、引き寄せられた。

「ちょっ、本田君っ」

「好きだ……柳内さんのことが」

「……っ」

「どうしようもないくらい……好きなんだよ」

やめて、そんなに切なげな声で言わないで。耳にかかる吐息に、心が、身体が熱くなる。心がかき乱されて、尋常じゃないくらいドキドキする。

目をギュッととじた。そうすれば、逃げられる。

「好きになってよ……俺のこと」

「……っ」

頭のなかがパニック状態でなにも言えずに、ただじっと本田君の腕のなかにいた。きつく私の身体を抱きしめるしなやかな腕。身体が密着していて、恥ずかしすぎる。

──ドキンドキン。

──ドキンドキン。

どう言えばいいっていうの。

「あ、やべっ。最終のバスだ！」

停留所にバスが停車する音が聞こえて、やっと本田君の身体が離れた。

「ごめん、走るぞ」

とまどっているうちに、今度は本田君は私の手を握って走りだした。そしてバス停へと向かう。バスの運転手さんが私たちに気づいて待っていてくれたのはいいけれど、ほんの数メートル走っただけで私の胸はいっぱいいっぱいになってしまった。

バスには乗客はひとりもおらず、ふたりがけの席に座った私たちの間に気まずい沈黙が流れる。

「あの……手を離してくれないかな？」

「………」

「本田君?」

「無理」

さり気なく離そうとすると、さらにきつく握られた。

「あ、あの……」

ドキドキするから、一刻も早く離れたいんだってば。それなのに本田君は前を向いたまま、私の手を離そうとはしなかった。

無表情で、なにを考えているのかわからない。

バスが駅に着く頃には、あたりはすっかり暗くなっていた。バスを降りて駅のそばのコンビニに入る。それまで本田君との間に会話はなかった。

なんとなく気まずい空気が流れているけど、私にはどうしようもない。

喉が渇いたから、とりあえず冷たいものが飲みたい。

「私、飲み物を見てくるね」

そう言って手を離そうとした。だけどやっぱり、本田君は離してくれなかった。

「俺も行く」

そう言われて、一緒に飲み物のコーナーへ。

そこには高校生くらいの男女が数人いて、飲み物を選んでいるようだった。

同じ高校の人かな？

なんとなく見たことがあるような……。

「亜子？」

その中のひとりと目が合った。

「た、太陽……」

なんでこんな所で会っちゃうんだろう。

「なにしてんだよ、こんな所で」

太陽は目を細めて笑う。そして、すぐに隣にいる本田君に気がついた。

「あ、もしかしてデート？　野球部の本田だっけ？」

興味津々で本田君の顔をまじまじと見つめる太陽。

「や、やだ、デートなんかじゃないよ」

「えー、照れんなってー。手まで繋いでるくせに」

「それはっ」

見られた、太陽に。こんな場面を元カレに見られるのって、なんとなく気まずい。

だから、さり気なく本田君の手を振りはらった。

今度は簡単に離れたのでホッとする。

「よかったな、今度は幸せになれよ。本田、コイツのこと、よろしく頼むわ。亜子といるとちょっと疲れることもあるけど、基本的にはいいヤツだから」

太陽は私を見たあとに本田君に笑いかけた。サラッと失礼なことを言われたような気がして、チクッと胸が痛んだけれど。

私はお得意の愛想笑いを浮かべる。

『疲れる』

そう言われると、いまだに突き刺さるものがある。っていうか、本田君にもそう思われていたら嫌だな。

「柳内さんといて、疲れたなんて思ったことないけど？　つーか、なんでそんな上から目線なわけ？　それに、柳内さんを傷つけといて、よくそんなことが言えるよな。ヘラヘラされると、すっげー気分悪いわ」

ムッとしながら言い返す本田君の周りには、ダークなオーラが漂っている。

「なんだよ、怒るなよー。べつに俺は、そんなつもりで言ったんじゃねーし。そりゃ、傷つけて悪かったとは思ってるよ」

困りはてたように笑う太陽と真顔の本田君。

ふたりの間にはさまれて、縮こまる私。

頭のなかで繰り返される言葉。

『柳内さんといて、疲れたなんて思ったことないけど？』

ちょっと、いや、かなりうれしいかも。胸のなかのモヤモヤが晴れていくような気がした。

「今はおまえがいるんだし、亜子と俺はただのダチだから」

「ダチって。本気で言ってんのかよ？　少しは柳内さんの気持ちも考えろよ」

「ほ、本田君、もういいから。お願い、やめて」

今にも太陽に殴りかかりそうな本田君の腕を掴んだ。そして、懇願《こんがん》するように下から本田君の顔を見上げる。

目が合うと、すぐにパッと目をそらされた。バツが悪そうな表情を浮かべる本田君。

「……わかったよ」

そう言って本田君は私の手を振りはらい、そのまま背を向けてお菓子コーナーのほうに行ってしまった。

わかってる。本田君は私のことを思って言ってくれたんだって。それなのに、本田君を悪者扱いするような態度を見せたから怒ってるんだよね……？

「あー、なんかごめんな。俺が謝るとよけいに怒らせることになると思うから、亜子から言っといて」

「あ、うん」

「じゃあ、俺はそろそろ行くから。またなー！」

「バイバイ」

笑顔を残して去っていく太陽に小さく手を振る。でもそれ以上に気になるのは、本田君のこと。

本田君の背中から話しかけるなオーラがひしひしと伝わってくる。

ほんと、どうしろっていうの。

飲み物を手に取り、お会計の列に並ぶ。なんとなく気まずくて、本田君に声をかけられなかった。

うつむきながらまだまだかかりそうな列にいると、隣にスッと人の気配がした。

「かして」

「あ」

声を出した瞬間、手にしていたペットボトルがヒョイと奪いとられた。

「店の外で待ってて」

何事もなかったようにそっぽを向いているその横顔は、まだどこか不機嫌そう。

「でも」

「いいから」

強くそう言いきられて、おとなしく外に出て待つことにした。

コンビニの前のガードレールにもたれて、上を見上げる。もうすっかり暗くて、夜空には星が瞬《またた》いていた。ザワザワとした喧騒。この時間は、スーツを着たサラリーマンの姿が多く見られる。

曖昧《あいまい》になったままだけど、さっきのこともある。

抱きしめられた時の腕の感触が今も残っていて、身体がすごく熱い。

どうすればいいんだろう。

普通にできないよ。

本田君はコンビニから出てくると、私に向かって無言でペットボトルをさしだした。

「あり、がとう」

そう言って受けとると、本田君は小さくうなずいてくれた。そして気まずそうに顔を伏せ、また背を向けて歩きだす。

ついていってもいいのかな……？

少しあとから、本田君の背中を追いかける。

なんだかとても変な空気が流れたまま、花火をする近くの公園までの道のりを無言で歩いた。

きみがいたから

「わー、綺麗！」

「ほーんと、すごいねー！」

「うわ、あっちー！　こっちに向けるんじゃねーよ！」

公園にはたくさんのクラスメイトが集まった。主催者がクラスの中心人物で、人気者の高木君ということもあるんだと思う。

みんなが楽しそうにしているのを、遠くから見守る私。

「まさか、柳内さんが来るなんてね」

「私も、南野さんが来てるとは思わなかったよ」

花火をするでもなく、公園の隅のベンチに並んで座る。いつもひとりでいることが多い南野さんが、クラスの集まりに参加するなんて驚きだ。

南野さんの私服は、スキニーのジーンズにストライプ柄のサテン生地のトップスだった。スタイルがいいから、身体の線が綺麗に出ている。きっと、大人っぽいって南野さんみたいな人のことを言うんだ。

「私はまぁ、勉強の息抜きにね。ほら、毎日同じことの繰り返しじゃ飽きるでしょ？」

「勉強って、そんなに毎日してるの？」

そういえば、少し疲れたような顔をしているかも。

「塾の夏期講習と、それがない日は家庭教師がうちに来てみっちり教えてくれるんだ」

「へ、へえ。なんだか、大変そうだね」

「私はべつに、そこまでしたいわけじゃないんだけど。親がね……」

「厳しい親御さんなんだね」

「厳しいというか、期待が大きすぎるというか。私は夏期講習だけで十分なんだけどな」

普段あまり自分のことを話さない南野さんがこんなにいろいろなことを話してくれるなんて、少しだけ私に心を開いてくれたのかもしれない。

沢井さんたちによる嫌がらせが終わってからというもの、私と南野さんは少しずつ仲よくなり始めた。

「沢井さんたちのことが解決したっていうのに、なんだか元気ないね」

「え？」

「なんかあった？」

「ううん、なにもないよ」

また愛想笑いをしてしまう。でもなんだかうまく笑えない。

「でも、しょんぼりしてるじゃん。柳内さんって、わかりやすいからね」

「ううっ」

前から思ってたけど、南野さんは本田君と一緒でズバズバものを言う。そのうえサバサバしてるから、なんだか話しやすいんだ。

「実は、本田君を怒らせたかもしれなくて……。さっきからずっと、しゃべってないんだ」

無意識に視線が遠くにいる本田君に向く。本田君は高木君や男子の集団と花火をしている。本田君以外の男子はみんな楽しそうに笑ってるけど、本田君だけは静かでいつもの彼じゃない。

やっぱりそれほど怒ってるのかな。

「本田君のことが気になってるんだ？」

「うーん、まぁ」

「怒ってるというよりも、元気がないような気はするけどね」

同じように本田君を見ながら、南野さんがつぶやく。

元気がない？

そうなのかな？

「南野さんは好きな人いる？」

「なにいきなり。恋なんかしてるヒマがあったら、家で小説読んでるほうがよっぽどいいよ」

「美人なのにもったいない！　私、すごく好きだった人がいたんだ。でも今はなんとも思わないの。ツラくてたまらなかったのに、時間の流れってすごいよね」

時間の流れ。きっとそれだけじゃないと思う。なぜか本田君の顔が頭に浮かんだ。

「今は本田君を怒らせたかもしれないっていうほうが気になって仕方ないの。変、だよね……？」

どうしてこんなにも本田君のことが気になるんだろう。目で追ってしまうんだろう。ドキドキ……するんだろう。苦しいんだろう。

「全然変じゃないよ。ようするに、本田君が前の人を超えたんだよ。それだけ、柳内さんのなかで大きな存在になりつつあるってことでしょ」

バカにしたりからかったりせずに真剣に返してくれる南野さん。

本田君が太陽を超えた？

天秤にかけるわけじゃないけど、自分ではそうは思っていなかったからそんなことを言われてビックリした。

「柳内さんもだけど、本田君もすごくわかりやすいよね。あれだけあからさまだから、きっとアプローチもすごいんでしょ？　それは好きになっちゃうよ」

「な、なに言ってんの……！」

好きとか、そんなんじゃない……。

そんなんじゃ……。

「おーい、亜子ちゃーん！　咲希ちゃーん！　一緒に花火しようぜー！」

遠くから高木君に手招きされて、行かざるを得なくなった。

無言で花火をする本田君は、まだ不機嫌そうだ。

「コイツ、さっきからずっとこんな調子なんだよな。亜子ちゃん、なんとか言ってやってよ」

テンションが低い本田君を、苦笑いしながら見やる高木君。

「え？　えーと、花火綺麗だね」

「……うん」

ぶっきらぼうに答えてくれる本田君は、私と目を合わせようとはしなかった。

「なんだよ、よそよそしいな。なんかあった？　俺でよければ、話聞くけど」

「なんもねーよ。うっせー拓也は置いといて、とっとあっち行こ、柳内さん。あ、南野さんも」

立ちあがり、高木君から離れようとする本田君。

「なんだよー、アイツ」

プンプンと頬をふくらませて怒る高木君の横で、南野さんが私の背中を押した。

「私はここに残るから、行って？」

「え、でも……」

「イエーイ、咲希ちゃんは俺と花火するべ」

「もう、暑苦しいから近寄らないで」

「ひ、ひどい、咲希ちゃんまで俺を邪魔者扱いするなんて」

「ほら、早く行って？」

もう一度背中を押されて、私の足はようやく動きだした。

「本田君、待って」

歩くペースが速い本田君に追いつくのは一苦労。ひと気のない公園の奥のほうまで来ると、本田君はようやく足を止めた。

「迷惑、だったよな……」

「え？」

振り返っていきなりそんなことを聞くから、なんのことだかわからなかった。

「柳内さんの気持ちも知らないで、アイツがあまりにも上から目線で言うから……ムカついて」

「え、あ、さっきのこと……？」

「俺といるところを見られたのも嫌だったよな？　誤解させるようなことを言ったりしてごめん。柳内さんは、アイツのことが好きなのにな……」

元気がない様子の本田君。

南野さんが言ったように、怒っていたわけじゃないの……？

本田君はしょんぼりしているように見える。

「うれしかったよ」

そんな本田君に笑顔を見せる。すると、本田君は首をかしげた。

「さっき、私といて疲れたなんて思ったことないって言ってくれたでしょ？　あれ、すごくうれしかった」

本田君は目を瞬かせながらまっすぐに私を見ている。

「太陽にね……一緒にいると疲れる。好きになりきれなかった。友達としてのほうがよかったってズバッと言われてふられたの。今思えば、たしかに私にも悪いところがあったんだけどさ」

その時はわからなかった。好きだったから。こっちを見てほしくて、私のことだけ考えてほしくて必死だったんだ。

だから気づかなかったよ、疲れさせていたなんて。

「それがトラウマになってて……だから、本田君がああ言ってくれてうれしかった」

「は？　アイツ、柳内さんにそんなこと言ったの？」

「うん」

「許せねーな」

今度は口をへの字に曲げて、怒ったような顔を見せる。コロコロと変わる本田君の表情。

「そんなヤツに笑いかける柳内さんがわかんねーわ、俺」

「まぁ、最近までツラかったんだけどね。でも、いつの間にかそうじゃなくなってた」

「え？」

「前に進んでるっていうことなんだと思う」

別れた直後はツラくて、毎日泣いてばかりいた。うしろを振り返ってばかりで、前を見ることなんてできなかった。

暗い闇から抜けだせずに、抜け殻のような日々を過ごしていた。心から笑える日なんて二度と来ないと思っていた。

でも、今はそうじゃない。人は誰しもうしろを振り返るだけじゃなくて、前を向くことができる。私がそうだったように。それはきっと、とてもささいなことがきっかけだったんだ。

「本田君が、いてくれたからだよ」

きみのその誠実なところが、優しさが、明るさが、まっすぐさが、温かさが、強さが、私の心を変えた。

「さっきの答え。私のなかで太陽は忘れられない存在だけど、でもそれはもう思い出のなかのことだよ」

好きだとか、未練があるわけじゃない。

今なら心からそう言える。

満面の笑顔で、本田君の顔を見上げた。

しばしの間、沈黙のまま見つめあう。

先に目をそらしたのは、めずらしく本田君だった。

「そんな顔でそんなこと言われたら、期待するけど？」

「え、いや、あの、それは……っ」

「それと。その笑顔、俺以外の男に見せるの禁止だから」

え？

「な、なんで？」

変ってことかな？

「かわいすぎて、ほかの男に見せたくねーんだよ。そんぐらい気づけよな」

ちょっとムッとしながら、本田君は恥ずかしさを隠すように私の頭をガシガシと強くなでる。

「ちょ、もう。やーめーてー！」

なんなんだ、このやり取りは。付き合ってないのに、付き合ってるみたい。

人を好きになるのが怖い、傷つきたくないって思っていたけど。

この決心は簡単に揺らぎそうだよ。


五日後。

あの花火の日から、間違いなく私は変だ。なんだかボーッとしてしまっているし、ふとした時に本田君の顔ばかりが頭に浮かぶ。

「はぁ」

自然ともれるため息。本田君のことを考えると、心臓がドキドキして身体中が熱くなる。

『好きだ……柳内さんのことが』

『どうしようもないくらい……好きなんだよっ』

『好きになってよ……俺のこと』

本田君に抱きしめられながら言われた言葉の数々を思い出しては、赤くなるほっぺを両手で隠して悶えている。

この前は自分の部屋で足をジタバタさせながら悶えていたら、お父さんが何事かと血相を変えて飛んできた。今となっては笑い話だ。

夏休みだけどとくにすることもなく、家にいても本田君のことばかり考えてしまうので、最近ではひとりで駅の近くの繁華街のファミレスでダラダラするのが日課。

ここだと涼しくて夏休みの宿題もはかどるし、ヒマな時は人間ウォッチングをして時間を潰してみたり。

あれから変わったことといえば、本田君と毎日メッセージのやり取りをするようになったこと。

『部活行ってくる』

『帰ってきた』

『寝る。おやすみ』

大体の内容はそんな感じ。メッセージだと本田君はすごくあっさりしている。

とても短い文章だけど、マメに毎日連絡をくれる本田君。

太陽の時は一週間に一度、メッセージがあればいいほうだった。一週間以上連絡がなくて、もっとたくさんほしいって強要したことがあるけど、その時太陽は困ったような顔をしてたっけ。今思えば、それもダメだったな。

冷静になった今だからこそ、そう思えるようになった。

本田君はすごくマメだから、付き合ったら大事にしてくれるよね。

一途にまっすぐに想ってくれるんだろうな。

あーもう。

やめやめ。

そんなことを考えるのはよそう。

気を取りなおして、ドリンクバーにジュースを注ぎにいく。

「あっれー？　亜子ちゃん？」

そこにいたのは高木君だった。ドリンクバーの真向かいの席で、めずらしくひとりのようだ。

「なにしてるの？　こんな所で」

「時間潰してんだよ。亜子ちゃんはひとり？　ヒマならこっちおいでよ」

ひとりで時間を潰すのに飽きてきていたところだったから、ちょうどよかった。

自分のテーブルに戻って荷物をまとめると、高木君がいる席まで移動して向かい側に座った。

しばらくとりとめのない会話をしてから、ダラダラ宿題を始める。わからなくて行きづまっていると、意外にも高木君が教えてくれた。

っていうか、勉強ができるんだ？

思いのほか教え方がすごく上手で、とてもわかりやすかった。

「俺ってば、何気に学年十位だから」

「え、なにそれ。詐欺《さぎ》じゃん！」

チャラチャラしてるのに、人って見かけによらないんだ。

「詐欺って……言いかたー！　マジで俺の扱いが雑だよな。ま、草太は学年五位だから敵わないけど」

「えっ？　そうなの？」

「そうだよ。それなのに、アイツは授業中にスマホ見たり漫画読んだりしてんだよ。野球バカのアイツが俺より頭いいとか、許せねー」

「下から数えたほうが早い私より、よっぽどいいじゃん。すごいよ、高木君！　それに、教えかたも上手なんだから、自信もって」

「うはっ、ちょっと元気出たわ。あ、そうだ。俺、このあと草太んち行くんだけど、亜子ちゃんも一緒に来る？」

「ほ、本田君の家？　いやいや、私はいいよ」

「なんか予定あんの？」

「ない、けど」

「亜子ちゃんが来たら、絶対に草太が喜ぶから」

そうかな。そうだとうれしいな。

乗せられてその気になる私は、自分でも単純だなって思う。

でも、なによりも私が本田君に会いたかった。

それがなぜなのかは、わからないけど。

「こ、ここが本田君の家？」

す、すごい。

駅のすぐ近くのタワーマンション。繁華街からもすごく近くて、ファミレスからもすぐだった。

最上階が見えないほど高い建物は、この辺では一番大きくて高級なタワーマンションだ。

勝手なイメージで、もっと普通の日本家屋を想像してたよ。

「草太の父ちゃんは草野球の監督で、すっげー普通のオヤジなんだけど。母ちゃんが医者で、そのじいちゃんばあちゃんがこの辺のマンションの所有者で、ちなみにここもそうなんだよ。だから、ああ見えてアイツはかなりの坊ちゃんなんだよな」

「へぇ、すごいね」

知らなかった、こんな所に住んでいたなんて。

ううん、今まで知ろうとしていなかった。まだまだ、本田君のことは知らないことのほうが多い。

マンションのエントランスにはコンシェルジュがいて、大理石の床に、天井にはシャンデリアが吊るしてあった。

場違いな所に来たような気がして、ものすごく気が引ける。

「や、やっぱり、帰ろうかな」

だって、なんだか別世界に来たみたいなんだもん。

「いやいや、ここまで来といてそれはないだろ。草太だって、亜子ちゃんに会いたいはずだしさ」

「うっ」

なかば強引に連れられてエレベーターに乗り、向かった先は最上階だった。エレベーターが開いた瞬間、ここはホテルだったかなと思うような空間が広がっている。

絨毯の床に、さらにはロビーらしき広い所にはソファーとテーブル、そしてシャンデリアまで。誰かの部屋の中だと勘違いしてしまいそうなほどの高級感あふれる空間。

すべてがキラキラと輝いていて、とてもまぶしい。

　思わずキョロキョロしながら歩いていると、この最上階には部屋がひとつしかないらしいことに気づく。

「ちなみに、このすぐ下の階が俺んちなんだ」

「ええっ？」

　私はさらに目を見開いた。なんだか今日はいろんなことに驚かされる日だな。

「うちなんて、普通に賃貸マンションだよ。あ、もしかしたら、そこも本田君のおじいちゃんおばあちゃんの物件かも」

　この近くだし、ありうるよね。そう考えたら、世間ってすごく狭い。

　高木君がインターホンを押すのを、うしろに隠れて見つめていた。すごく気後れしてしまい、ハラハラしながら反応を待つ。

　インターホンからはお母さんらしき人の明るい声がして、ガチャリと玄関の鍵が開いたのがわかった。

　オートロックに感動しつつ、恐る恐る高木君のあとについて中に入る。玄関でしばらく待っていると、奥からパタパタとスリッパの音を鳴らしながら本田君のお母さんらしき人がやってきた。

「あら、いらっしゃい。どうぞどうぞ、上がってちょうだい」

本田君のお母さんは本田君にすごくよく似ていて、とくにクリクリの目がそっくりだった。気品漂う清潔感と、スッと伸びた背筋。笑顔がとても素敵で、優しそうなお母さん。

「お邪魔しまーす。あ、この子は亜子ちゃんって言って、草太や俺の友達」

「柳内亜子と言います。今日は突然来てしまって、すみません」

小さくペコッと頭を下げた。

「あらー！　あらあら？　拓也君の彼女？　こんにちは」

「違うよ、おばさん。そんなこと言ったら草太が怒るから」

「あらまぁ、そうなの？」

「草太が大事にしてる子なんで」

「ちょ、高木君！　変なこと言わないでー」

しかも、相手は本田君のお母さんだよ？

やめてよー。

「うちの草太をよろしくね、亜子ちゃん。いつでも遊びに来てくれていいからね」

本田君のお母さんは、突然来た私に対しても笑顔を見せてくれた。

「あ、ありがとうございます」

再びペコッと頭を下げる。

「草太ね、今お風呂なのよ。すぐに出てくると思うから、適当に部屋でくつろいでてちょうだいね」

「はーい、そのつもりです」

慣れたように家に上がってまるで自分の家のように歩いて行く高木君。

私は「お邪魔します」と挨拶をしてから、出されたスリッパを履いて部屋に入っていった。

本田君の部屋は玄関を入って右に進んだ所にあるつき当たりのドア。リビングは左側にあって、なんだか騒がしかった。

うちも何年か前まではこんなふうに騒がしかったっけ。家の中に笑い声が響いて、なにかしらの音がしている。家に誰かがいてくれてると思うと、部屋にひとりでいてもさみしくなかった。

でも今はこの生活音がとても懐かしくて恋しい。なんだか、胸の奥のほうが小さくギュッと締めつけられた。

お姉ちゃんに会いたい。

お母さんに……会いたい。

なんて、しみじみしてみたり。

本田君の部屋は至ってシンプルで、勉強机のほかにベッドとローテーブル、テレビ、本棚、野球ボールにグローブとバットが置いてあるだけだった。部屋はサッパリしてるのに、勉強机の上はものがゴチャゴチャしていて散らかっている。

それにしても、広い。私の部屋の倍はあるんじゃないかな。

落ち着く先がわからずにボーッと立ちつくしていると――。

「自由にくつろいでいいよ」

高木君がまるで自分の部屋であるかのようにそんなことを言うから、思わず笑ってしまう。

その高木君はベッドを背もたれにしてさっそく漫画を読みはじめている。

私は少し迷いながら、勉強机の前の椅子に腰かける。そして、散らかっている勉強机の上をぼんやり見つめていた。

やりかけの宿題に、開きっぱなしの参考書。野球に関する本や、お菓子のおまけについている野球選手のカードがたくさん置いてある。さらには、目の前に有名な野球選手のポスターが貼ってあった。

よっぽど野球が好きなんだね。

本田君らしくて、思わず笑ってしまう。

――ガチャ。

「拓也ー、来るなら前もって連絡しろっていつも言ってるだろ……って⁉」

本田君が部屋に来た。入ってくるなり私に気づいて、驚きのあまり目を見開く。そして、私も――。

「な、なんで裸なの⁉」

とっさに手で顔をおおう。恥ずかしくて、ドキドキするよ。

「し、下はちゃんとはいてるっ！　つーか、なんで柳内さんがいるんだよ？」

あわてたような本田君の声。私は指の間からチラッと本田君の様子をうかがう。

腕やお腹にしっかり筋肉がついて引きしまった身体。髪の毛から滴《したた》る水滴。お風呂上がりの本田君。そのどれもに、ドキドキが止まらない。

「さっき偶然ファミレスで会ってさー。亜子ちゃんが、どうしても草太に会いたいって言うから」

「そんなこと言ってない」

「えー、言ってたじゃん。恥ずかしがらなくていいよ」

言ってません……言ってませんよ、高木君。それにしても、本田君がまぶしすぎて目を向けられない。

お願いだから、早く服を着てー。

目の前がクラクラして、思わず机に手をついた。その手がズルッとすべってしまい、裏返しになっていた参考書やそのへんに置いてあったものが落ちる。

「ご、ごめんっ」

しゃがんで参考書を拾いあげた瞬間、その下から一枚の写真が出てきた。

その写真は表向きになっていて偶然見えてしまった。

そこには、今よりも少し幼い笑顔の本田君と女の子が写っていた。

入学式という文字が書かれた看板とともに、ふたりは制服姿で肩を寄せあい、仲よく並んでカメラ目線でピースをしている。

写真の年数から、中学の入学式の写真だとわかった。

女の子は肩までくらいの髪の毛を下ろして、色白で小柄なかわいい子だった。

──ズキン。

あ、あれ？

なんで、今……。

「柳内さん？」

「え？」

やば、本田君に変な目で見られてる。

「ご、ごめんね！　すぐに拾うからっ！」

写真をバッと参考書にはさんで、それを机の上に戻した。

偶然とはいえ勝手に写真を見てしまった罪悪感と、変な緊張が入りまじってソワソワしてしまう。

写真のことが気になって、頭から離れない。

ねぇ、その子は誰……？

一瞬だったけど、写真からはいい感じの雰囲気が伝わってきた。

誤解させるようなことをしたくないって言ってた本田君が、女の子とふたりで、しかも笑顔で写真に写っているということが、とても深い意味があるように思えてならない。

「中学の時の卒アル、見る？」

「あ、うん！」

高木君はひとりでゲームを始めてしまい、私はどうすればいいかわからずにぼんやりしていた。するとそこに本田君が気をつかって話しかけてくれた。

さっそく、提案に乗ることに。だって、女の子のことがなにかわかるかもしれないし。気になるんだもん。

まずはクラス順にひとりひとりの顔と名前が載ったページ。本田君は一組だったらしく、すぐに見つかった。

「わー、若い！　坊主だったんだー」

クリクリの目に坊主頭の本田君は、どこか照れくさそうにぎこちなく笑っている。

「まぁ、野球部だったからな」

「なんだか、かわいい｜」

「それ、一番言われたくねー言葉だから」

「あ、ごめーん」

ジトっと私を見て、ムッと唇をとがらせる本田君。私はそんな本田君に愛想笑いを浮かべる。

順に中を見ていくと、次に高木君の写真も出てきた。今よりも幼くて、黒髪の高木君。意外にも真面目な雰囲気で、今のチャラチャラしたような感じはない。制服をピシッと着こなしていそうな秀才タイプ。

「高校デビューしたの？」

写真と高木君の顔を交互に見つめながら問うと――。

「まぁ、そんなとこかな」

へぇ、そうなんだ。

次のページをめくると、今とは比べ物にならないくらい地味な沢井さんが写っていて目を疑った。髪の毛は伸び放題、眼鏡をかけて、かなりポッチャリしている。

名前を見るまで沢井さんだとわからなかったほど、別人みたいだった。

昔はイジメられてたって言ってたっけ……。

がんばって変わったのかな。だとしたらすごいな。

女の子の個別写真は見当たらなくて、ちょっと拍子抜け《ひょうしぬ》け。さっきの写真は一瞬だったし、名前もわからないから見落としたのかもしれない。

次のページをめくると、一年の時の一泊キャンプの写真や、学校行事の写真がたくさん載っていた。

どうして私はこんなにソワソワしてるんだろう。本田君と女の子の姿ばかり探しているんだろう。

「あ」

次のページをめくると、それは一番に目に飛び込んできた。

それは修学旅行の写真で、男女四人が仲よく写ったもの。真ん中が女の子ふたりで、外側に本田君と知らない男の子が立っている。

本田君の隣には、髪が伸びて大人っぽくなった清楚なかわいい女の子の姿。それは、さっき見た写真の女の子だった。

上半身だけの写真だったけど、みんなの肩がふれあって満面の笑みを浮かべているところを見ると仲のよさを感じてしまう。

べつに女友達がいたって不思議じゃないけど、近すぎる距離感がすごく気になる。

「あーそれな。気になる？」

ゲームをしていたと思っていた高木君が、私の顔を覗き込んだ。見ているのがバレバレだったようで、探るように聞いてくる。

「べ、べつに。なんで私が」

ウソ。ほんとは気になる。でも、素直にそう言えない。聞きたいのに、聞けない。

いつから私は、強がる癖がついちゃったんだろう。

「その子、草太が前に好きだった子」

「えっ？」

前に好きだった子？

全身に強い衝撃が走った。さっきの比じゃないくらい胸がズキズキする。

「おい、なに変なこと言ってんだよ」

「いいだろ。かわいかったよな、朱里《あかり》ちゃん。身長もちょうど、亜子ちゃんくらいでさ。そういえば、顔も性格もなんとなく似てるよな。あと、声も！　最初、亜子ちゃんの声聞いた時びびったもん」

「マジでいいかげんにしろよ。よけいなことばっか言うなっつの」

ちょっとムッとしている本田君。

訂正しないということは、きっと、本当のことなんだろう。

過去に好きな人がいたってまったく不思議じゃない。それなのに、なんでこんなにショックを受けてるんだろう。

「ごめん、柳内さん。拓也のヤツが、変なこと言って」

否定は、しないんだ……？

「あ……ううん。それにしても、かわいい子だよね」

ああ、私はなにを言ってるの。これ以上聞きたくなんかないのに、口が勝手に動いてしまう。

「なんだかすごくラブラブだし。お似合いだね」

ほんと……バカ。笑顔まで浮かべて強がってるなんて。

「朱里とはそんなんじゃない。ラブラブとか、言われたくないんだけど」

真顔でそう言われて、胸がギュッと痛くなった。

名前で呼んでたんだ？
ふーん。
私には……関係ない。
関係ないよ。
それなのに――。
なにこれ……すごく苦しいよ。

第三章

敵わない、きみに

夏休みが終わって、二学期最初の日。なんとなく気分が浮かないまま、重い足取りで学校へ向かう。本田君の家に行ったあとから、自分でもよくわかるくらいに落ち込んでしまっている。

私に似ている朱里ちゃん。

だから、本田君は私を好きになったの？

昔好きだった子に似てたから……。

私と朱里ちゃんを重ねて見ているのかな。

いや、そんなはずないよね。

本田君はいつだって私にまっすぐぶつかってきてくれた。その気持ちは、ウソじゃないって信じたい。

それに、たとえそうだったとしても、私にはなにも言う権利なんてない。

だから、気にするのはやめよう。

そうだよ、私は本田君のことを好きでもなんでも……ないんだからっ。

「おはよ」

上履きに履きかえていると、うしろから声をかけられドキンと心臓が跳ねた。

「あ、お、はよう」

隣に並んだ本田君の顔を見上げて、笑顔を作る。でも、うまく笑えなくて頬が引きつる。

あれ?

なんでこんなに意識してるんだろう。左側が異様に熱くて、変な感じがする。

「ははっ、なんでそんなにカタコト?」

「私、実は外国人だから。ニホンゴ、ワカリマセーン」

うまく笑えない代わりにジョークを飛ばす。そうしていれば、普通にしていられる。

本田君は笑ってくれて、そのまま一緒に教室へと向かう。

教室の中は新学期だからなのかいつもよりザワザワしていて、男子たちが集まって盛りあがっている。

「おはよう。南野さん」

すでに来ていた隣の席の南野さんに声をかける。南野さんは、いつも通り小説を読んでいた。

「あ、おはよう」

「南野さんってほんと小説が好きだよね。どんなのが好きなの？」

「なんでも読むよ。でも一番好きなのは謎解き推理ものかな。とくにラストにどんでん返しがある物語が好きなの」

小説のことを語る南野さんは目をキラキラと輝かせて、普段は大人っぽいのに、とても子どもっぽく見える。

なんだかかわいいな。

「あ、ねぇ。咲希って呼んでもいい？　私のことも呼びすてでいいよ」

「いいけど、どうして？」

「だって、友達でしょ？　いつまでも名字で呼ぶのもよそよそしいし」

ずっと前から名前で呼びたいと考えていたことが口からスルリと出てきた。

それにね、もっともっと仲よくなりたいと思ってるんだ。

「わかった、じゃあ亜子って呼ぶね」

「ありがとう！　うれしい！」

にっこり笑うと、南野さん……咲希も笑顔を見せてくれた。咲希が笑ってくれるなんて、とてもレアなことだからうれしい。

それに、すごくかわいい。

「じゃあ俺も便乗して『亜子』って呼ぼっかな」

前から歩いてきたのは、本田君。その笑顔がまぶしくて、思わず目をそらしてしまった。

「俺のことも、草太って呼んでよ」

「え……？　あ、うん。くんづけなら呼べる……かな」

「俺、草太君って呼ばれるの嫌いなんだよなぁ。だから、草太でよろしく」

「うっ。えっと、あの。うん、がんばる」

「はは、それってがんばることなんだ？」

「私にとってはね。あんまり下の名前で呼んでる人って、いないから」

それは男女を含めてという意味で言ったつもりだった。

「三上のことは、躊躇《ちゅうちょ》なく呼んでるのに？」

「え？」

いきなり太陽のことを出されて、しかもちょっとムッとしているからなんだか笑ってしまう。

「そ、草太」

「え」

「草太って呼んでみた。案外、呼べるかも」

「お、おう。じゃあ、俺も。亜子」

草太の低い声が私の名前を呼ぶ。

それだけでなんだか胸がいっぱいになった。甘い響きもプラスされているような気がして、恥ずかしくてたまらない。

下を向いて赤くなった顔を隠した。チラッと上目づかいで草太を見ると、その頬もピンク色に染まっている。

あは、なんだこれ。

恥ずかしい。もどかしい。

「そういうのは、ふたりきりの時にやってくれないかな？　見てるこっちが恥ずかしいよ」

咲希に苦笑いされて、さらに頬が熱くなる。

「な、なに言ってんの。そんなんじゃないからっ」

恥ずかしくて、つい反論してしまった。

ダメだ、やっぱり本田君……草太といると調子が狂う。ドキドキして、胸がいっぱいで、なんでだろう。いつにも増して、草太がカッコよく見える。

私の目はおかしくなっちゃったのかもしれない。

よくわからない気持ちを抱えたまま、二学期の最初の行事、修学旅行の日がやってきた。

行き先は関西で三泊四日の予定。

朝からテンションが上がって、ウキウキワクワクする。早く着かないかなぁ。

なんて思いながら、新幹線の窓から景色を眺める。

新幹線で約二時間の距離は近いようで遠かった。到着したあとはバスに乗って移動。

一日目は観光から始まった。目的地に着くと、それぞれのグループにわかれて行動開始。

草太と高木君と咲希と私の四人グループ。

私たちのグループは、タコ焼きやスイーツの食べ歩きをすることになっている。ほとんどのグループがタコ焼きを食べるようで、たくさんあるお店の前には長蛇《ちょうだ》の列ができていた。

「あー、腹減った。お、あの店うまそうじゃね？　あそこに並ぼうぜ！」

そう言って高木君が遠くのお店を指差す。

「わぁ、あっちのお団子もおいしそう！」

「咲希ちゃん、そっちはあとでな」

「う、はぁい」

楽しそうなふたりのやり取り。なんだかんだ言いながら、このふたりはお似合いだと思う。それを言うと咲希が怒りそうだから、言わないけど。

外国人観光客や他校の修学旅行生も多くて、人であふれ返っている。

「す、すみません」

うぅっ。

うまく前に進めなくて、人にぶつかってばかり。そのたびに謝っていたら、いつの間にか三人の背中が遠いところにあった。

「ま、待ってよー……」

迷子になったらどうしよう。そう思ってスピードを速める。待って、置いてかないで。涙目になりながら必死で追いかけた。

「うぅっ、人に埋もれちゃうよ」

「亜子！　こっち」

「え？」

人混みにまぎれて、草太の姿が見えた。こっちに向かって私に手を伸ばしている。

見知った顔にホッとして無意識に手を伸ばす。すると、草太の大きな手のひらが私の手に重なった。

力強い手にギュッと握られ、引き寄せられる。私もその手をギュッと掴んで離さなかった。

「なに手なんか繋いでんだよ、おまえら。ラブラブだな」

遅れてお店に着いた私と草太を見て高木君がからかってくる。

お互いに思わずパッと手を離した。気まずくてそっぽを向く。高木君がクスッと笑ったような気がして、なんだかいたたまれない。

「変なこと言ってんじゃねーよ、バカ拓也」

「なんだとー？　でも、おまえのほうが成績いいから、なにも言い返せねー」

「そんなことはいいから、早くタコ焼き食べようよ」

「そうだな、腹減ったし。咲希ちゃんのぶんは、俺が出すよ」

「いいえ、結構です。私、おごってもらうのは嫌いなので」

「え？　なんで？」

高木君が目を丸くする。

「他人からだとよけいな気しかつかわないもん。そういうのは、彼氏とか好きな人にされるからうれしいんだよ。高木君にされてもねぇ」

「うぐ、咲希ちゃんは相変わらず毒舌だな。素直におごられとけばいいのに」

「誰にでもそういうことをする人は嫌なの」

「うー……冷たい」

高木君をスパッと切る咲希に、高木君はしょんぼりしている。やり取りが面白くて、笑ってしまった。

そしてタコ焼きを買う順番が私たちに回ってきた。ジューッというたえずタコ焼きが焼ける音と油の匂い。ソースのいい香りがしてきて、食欲がそそられてお腹が鳴りそう。

「八個入りをふたつください」

店員さんにそう言って注文する草太。

さすが男子なだけあって、ふたつくらいペロッといけちゃうんだね。

「ん」

のんきにそんなことを考えていたら、受けとったタコ焼きの容器をひとつ私に向かってさしだした。

つまようじが刺さり、湯気がのぼるタコ焼きをじっと見つめる。

えーっと……？

「おごってやる」

「え？」

「ほら、熱いから早く」

「あ、ありがとう」

「誰にでもしてるわけじゃないから」

「あ……うん」

おずおずと両手を出してそれを受けとる。照れくさそうな横顔。目が合うと小さく笑ってくれた。

「はは、俺、カッコつけすぎ?」

「ううん! うれしいよ」

そのタコ焼きは、今まで食べたなかで一番と言っていいほど、とてもおいしかった。


「私ね、草太といると普通じゃいられなくなるの」

その日の夜、お風呂をすませて、あとは寝るだけとなった時、ホテルの部屋で初めて咲希に打ちあけた。

普通じゃいられなくなるって……。

言ったあと、恥ずかしくなって頭から布団《ふとん》をかぶる。ジタバタ足を動かすと、ベッドのスプリングがきしんだ。

だってやっぱり、修学旅行の夜といえばこういう話だよね。それに、咲希に知ってほしかった。聞いてほしかった。

誰かに言うことで自分のなかにくすぶる気持ちを、はっきりさせたかったのかもしれない。

「そんなのとっくに知ってるよ。好きなんでしょ？」

「ええっ!?　す、好きとか、違うから……！」

布団からガバッと顔を出し、咲希の顔を見つめる。

「え、違うの？　亜子を見てたら、てっきりそうなのかと思ったよ」

「ち、がいます」

「あからさまに目をそらしすぎだよ。ほんとに違うの？」

「…………」

ううっ。

この胸のドキドキとか、会いたくなる気持ちとか、苦しさとか、モヤモヤとか、キュンとしたり、温かい気持ちになったり……。

草太といるといろんな気持ちになる。

これは……たぶん、きっと。

でも……。

「ち、がう……」

なぜだか認められなくて、素直になることができない。

「いいよ、今はそれでも。それより、明日はテーマパークだね。楽しみー」

咲希はそれ以上はつっこんで聞いてこなかった。

そのことにホッとしながら、いつの間にか話題はクラスメイトや先生のことに移っていく。

「え？　あのふたりって付き合ってたの？　知らなかったー！」

他人に興味がなくて、ひとりでいるのが好きだと思っていた咲希は意外とウワサ好きで、私の知らないようなことまでたくさん知っていた。

あの先輩には年上の彼女がいるらしいとか、私たちの学年のナンバーワン美少女が三股してるとか、聞いててビックリするようなことばかり。

「私、亜子のこと誤解してたよ」

「誤解？」

「怒らずに聞いてね。亜子のこと、ひとりじゃなにもできない臆病者で常に誰かに守られていないと嫌なタイプの受け身な子だと思ってた。沢井さんに嫌がらせされてもヘラヘラしてるし、解決しようとしないからじれったくて。正直、何度も本田君に言ってやろうと思った。そうすれば一瞬で解決するのに、全然言おうとしないんだもん」

「うっ」

――グサッ。

結構なことを言われてない？

「亜子はすぐに本田君に助けを求めると思ってた。でも、違った。亜子は自分の力で解決した。その時、強いな、すごいな、カッコいいなって思ったんだ。ヘラヘラ笑ってたのも、もしかしたらある意味誰よりも強いのかもって思えて。今では弱いっていうイメージが吹きとんだ」

「強くなんかないよー！　すごいって思ってもらえる要素もひとつもないよ」

そんなにほめられたら、恥ずかしいというか。でも、なんだかうれしい。頬がゆるんじゃうよ。

「女子のネチネチしたのが嫌いだから、誰とも当たり障りなく接してひとりでいることが多かったんだけど。亜子と仲よくなるにつれて、楽しいなって思えたの。この子となら、ずっと一緒にいたいって。沢井さんのことがなかったら、きっとここまで仲よくなれてなかったよね。そう考えたら、沢井さんとのことも意味があったんだと思う。仲よくなれてうれしいよ」

初めて聞かされる咲希の本音。

そんなうれしいことを言われたら、感動して涙腺がゆるんじゃう。

「私も……っ仲よくなれてよかったって思ってる」

ふたりで顔を合わせて笑いあった。

涙目になっているのを見られて、さらに笑われてしまったけれど。この短い時間で、咲希との仲が深まったような気がする。

そのあと、しばらくとりとめのない会話をしていると突然、返事が帰ってこなくなり、隣からスースーという小さな寝息が聞こえだした。

咲希のあどけない寝顔は、普段クールなぶん、とてもかわいくてなんだか笑ってしまった。

今日は朝早くから新幹線移動で、そのうえ観光でたくさん歩いたから疲れたよね。

私も寝よう。

そう思って、目を閉じた。


次の日、昨日同様天気は快晴でまさにテーマパーク日和だった。ホテルのバイキングで朝食をすませたあと、バスに乗ってテーマパークへと移動する。

駐車場には観光バスが列を連ねて停まっていて、バスガイドさんのうしろをゾロゾロと歩く学生の姿があった。

その波に乗って私たちの学校もテーマパークの入口の広場へと移動する。

そして、早速自由行動開始。このまま夜までだから、たっぷり時間はある。

「私、マリオンパークに行きたいっ！」

「俺は、恐竜ワールド！」

「キャラメルポップコーンも食べようね」

ずっと楽しみにしていたテーマパーク。テンションが上がりすぎて、みんなが浮かれている。

「高木君、マリオンパーク行こっ！　早く！」

「お、おう！」

普段冷静な咲希も例外じゃない。楽しそうに笑って、高木君の腕を引っぱる。

そんな咲希にとまどいながら、高木君も笑っている。

「南野さん、楽しそうだな」

そう言う草太の顔も、今日はいつも以上にゆるんでいる。キョロキョロしながら周りを見て、ワクワクしている様子。

「マリオンが好きだったなんて知らなかったよ」

はしゃぐ咲希がかわいくて、思わず笑ってしまう。

「俺らも行くか」

「うん、そうだね」

高木君たちのあとを追うようにして、草太と並んで歩く。見上げた横顔がキリッとしていてカッコいい。

草太は時々キョロキョロしていて、誰かを探しているようにも見えた。その視線の先には、セーラー服姿の他校の女の子たち。

「誰か探してるの？」

「え？　あ、違うよ。それより、亜子は迷子になりそうだから、はぐれるなよ」

ちょっと意地悪な顔で、そんなふうに言いながらからかってくる。

「迷子になんかならないもんっ」

頬をふくらませながらプイとそっぽを向いて、すねたフリをする。

「はは、すねてんの？」

「うるさい」

「ごめんって。もう言わないから、許して」

顔の前で手を合わせて、お願いするようにそっこうで謝ってくる。少し垂れた眉毛と、下がった目尻、はにかむ口もと。

そのどれもが全部カッコよく見えてしまう私は、きっとどうかしている。咲希があんなこと言うから……ものすごく意識しちゃってる。

「許さないよ」

ウソ、本当は最初からすねてなんかいない。すねたフリをしたら、どんな反応をするんだろうっていう好奇心。

「怒るなってー。キャラメルポップコーン買ってやるから」

「え？　ほんと!?」

一瞬で笑顔になった私を見て、草太が顔を崩して笑った。

「単純なヤツめ」

そう言って頭を軽くなでられる。草太はクリクリの目をこれでもかってほど細めて、満面の笑みを浮かべている。

こういうさりげない動作に、すごくドキドキさせられる。それもすごく自然にやるから、よけいに。

慣れてるよね、女子の扱いに。それとも、無意識なのかな。そうだとしたら、なんてずるい人だろう。

ひとりで赤くなる私と、余裕の草太。

騒ぎっぱなしの鼓動を落ち着かせるように、大きく息を吐きだす。

「おーい、おまえら、早く来いよ！」

すでに遠くにいるふたりに急かされ、かけ足で近づく。待ち時間は三十分ほどで、マリオンパークのアトラクションの順番がやってきた。

3D眼鏡をかけて円型の四人乗りのスライダーに乗り、バナナ型のおもちゃの銃で、四方の大きな画面に浮かびあがるマリオンを撃ってポイントを稼ぐというもの。ふたり一組なので、私は自然と草太の隣になった。

「よーし、勝ったチームが負けたほうに昼飯をおごるってことで！」

「よっしゃ、受けて立つ」

高木君の挑戦にノリノリの草太。

高木君と咲希とは背中合わせだから、顔は見えない。

「咲希ちゃん、勝負の世界だから今日だけはおごられるのが嫌とか言うのはなしな」

「私だって、それぐらいの空気は読めるよ」

「手かげんしないからね」

ゲームスタート。最新の3D映像にあふれんばかりのマリオンがたくさん出てきて、私たちはキャーキャー言いながら楽しんだ。

「あー！　そっちだってばー！」

「うおい、そこかよ！」

「あはは、マリオンかわいい」

勝負なんてそっちのけ。くるくると回るスライダーと、次々と変わる映像に翻弄されっぱなし。

そんななかふと隣を見ると、真剣な様子で銃をかまえる草太の姿。

どんなことにも一生懸命で、真面目で、誠実。それは、今この場所でも発揮されているようだ。

結果は――。

「はっはー！　俺らの勝ちー！　イェーイ！」

ドンマイというように、草太の肩をポンポンと叩く高木君。勝ったのがよっぽどうれしいのか、満面の笑みを浮かべている。

「ウゼー、マジでウゼー。腹立つわー」

負けず嫌いな草太は納得がいかないのか、拳を握りしめて悔しがっている。

「いいだろ、たまには俺にも花を持たせてくれたって。昼飯はなに食わせてもらおっかなー！　タダ飯バンザーイ」

子どもみたいな高木君を見て笑ってしまう。

そのあとも私たちはいろんなアトラクションを楽しんだ。恐竜ワールドの急流滑りに、うしろ向きに走るジェットコースター、ファンタジー映画のなかに飛び込んだような非日常の世界。

かわいいキャラクターの着ぐるみもパーク内の至るところにいて、咲希と一緒にたくさん写真を撮った。

「はー、疲れたー。ちょっと休憩しようよ」

歩きすぎて足が痛いのと、喉が渇いた。それに、少し小腹が空いた。

気づくとお昼をすぎて、おやつの時間になっていた。

まだお土産《みやげ》も買ってないし、夜のパレードも観なきゃいけないから、体力はできるだけ温存しておきたい。そのためには休憩も必要だと思うんだ。

「えー、俺ビジーポッターもう一回行きたいんだけど」

「あ、私も！」

「ふたりとも、どんだけタフなの？　私は体力がないからダメだぁ。この辺で待ってるから、行ってきていいよ」

「っしゃあ！　行こうぜ、咲希ちゃん」

「ごめんね、亜子」

楽しそうに声を弾ませるふたり。咲希も高木君に負けないくらい、子どもみたいだ。

「一回乗ったら、すぐに戻ってくるからー」

「いいよいいよ、二回でも三回でも、好きなだけ乗っておいでよ」

そんなふたりに笑顔で手を振る。

「草太も、行きたかったら行っていいよ？　私、ひとりでも待てるし」

当然のように私の隣から動こうとしない草太に、笑顔を向ける。もし行きたいと思っていて、無理に私に付き合ってくれようとしているのなら申し訳ない。

「俺も、ちょうど休憩したいと思ってたとこだから。あそこのベンチに座って待っててて」

「あ、うん」

そう言って草太はここから少し離れた売店のほうへと、走っていってしまった。

そして戻ってきた時、飲み物ふたつとポップコーンを胸に抱えていた。

「ん、約束のキャラメルポップコーン」

香ばしいキャラメルの匂いが鼻をくすぐる。

「ほんとに買ってきてくれたの？　っていうか、べつによかったのに……」

昨日もおごってもらってるのに、続けてとなると悪い気がしてくる。

せめて飲み物のお金は払うと言っても、草太は俺が勝手に買ってきたものだからと言って受けとってくれなかった。

「ありがとう」

譲《ゆず》らない草太に私が折れて素直にそう口にする。草太は満足そうに微笑んで、飲み物をひとくち飲んだ。

私はポップコーンを口へと入れる。疲れた身体にキャラメルの甘さがちょうどよかった。

うーん、おいしい。

「ぷっ、そんなに幸せそうにキャラメルポップコーン食うヤツ、初めて見た」

「だって、おいしいんだもーん。草太も食べる？」

「いや、俺、甘いものは基本的に苦手なんだよな」

「えー、おいしいのに。騙《だま》されたと思ってためしにおひとつ、はい」

人差し指と親指でキャラメルがかかっていない白いポップコーンをつまみ、口もとへ持っていく。

我ながら恥ずかしいことをしているけど、この非日常の空間が手伝ってそうさせたのかもしれない。

草太は一瞬とまどうような表情を見せた。

でも、顔を近づけてきて口を開ける。

あ、やばい。

自分からしておいて、今さらめちゃくちゃ恥ずかしくなってきた。

——パクッ。

わっ。

指先が唇に軽くふれた。

その瞬間、全身に火がついたみたいに熱くなる。

とくに指先がジンジン熱い。そこだけ神経が研《と》ぎすまされたように、敏感になっている。

胸の奥に押しこんだはずの気持ちが、あふれだしそうになる。

バカ、だ。

「はは、まっ赤なんだけど」

「う、だ、だって……こんなことしたの、初めてなんだもん」

恥ずかしくて語尾が小さくなる。草太の顔が見られない。

「マジ？　慣れてそうだったから、誰にでもしてんのかと思った」

「し、してないよ！　草太のほうが女の子の扱いに慣れてると思う」

頭ポンポンしたり、恥ずかしいことをサラッと口にしたり。

「慣れてねーよ。ただ必死なだけだし」

なぜかすねたような目で見られているような気がする。そんなこと言われたら、恥ずかしくてよけいに顔を上げられない。

無言でポップコーンを食べる。気のせいかもしれないけど、なんだかキャラメルがさっきよりもすごく甘く感じた。

ふと顔を上げると、四人組の他校の女子高生がキャーキャー言いながらこっちに向かってくるのが見えた。

「迷惑かな？　俺のこと」

「え？」

「迷惑なら、もうやめる」

「や、める？」

なにを……？

ズキンと胸が痛む。

なにをやめるっていうの？

ザワザワと揺れる木の葉。

風が吹いてフワッと髪の毛を揺らす。視線を足もとに落としていた私の目の前に、前から歩いてきた女子高生のスカートの裾がヒラヒラと舞った。

「草太、君？」

ひときわ大きな風が通りぬけるのと一緒に、か弱い女の子の声が聞こえた。折れそうなほど細い足と、まるで粉雪のように白い肌。

ゆっくり顔を上げると、そこには見知らぬ女の子の姿があった。草太の目の前に立って、風で揺れる髪の毛を手で押さえている。

私と一緒くらいの、もしくはちょっと低いくらいの小柄で華奢な女の子。セーラー服に、紺色のプリーツスカート、黒いローファー。

目が大きくて、色白で、小顔で、とてもかわいい。その女の子には、どこか見覚えがあった。

見つめあうふたり。草太は驚きを隠せないのか、目を見開いて固まっている。

それを見てなんだか胸がザワザワした。言いようのない不安が胸の奥のほうから押し寄せてくる。

「やっぱり、草太君だよね？」

確信を得たらしい女の子が、パアッと明るい笑顔を浮かべた。それはまるで一面にかわいらしい花が咲いたような、笑顔。

この笑顔、見たことある。

草太の部屋で見た、写真の女の子。

「あ、かり……？」

「久しぶりだね」

「なんで……」

とまどうように揺れる瞳に抑揚《よくよう》のない声。こんなに動揺している草太を見るのは、初めてだ。

「修学旅行だよ。草太君の高校もだよね？　でもまさか、こんな所で会うなんて思ってもみなかったな」

うれしそうに笑う目の前の女の子。

ナチュラルメイクをして、チークかな。ほんのりピンク色に染まる頬。白い肌にピンクがよく似合っていて、それだけでかわいい。

長い前髪をサイドに流して、花柄のピンで留めている。ほのかにフローラル系の香りが漂ってきて、女子力の高さを実感した。

高木君のウソつき。

朱里ちゃんが私に似てる？

全然似てないよ。

私なんかよりも、朱里ちゃんのほうが断然かわいい。そして、すごく女の子らしい。

「朱里、先に行ってるよ」

「あ、ごめん。すぐ追いかけるから」

朱里ちゃんが友達にそう返事をするのを、私は呆然と聞いていた。というよりも、そうするしかなかった。

「元気だった？」

「ああ、まぁ、それなりに」

「あは、それなりって。それにしても草太君、すごく身長が伸びたよね！　最初見た時、誰だかわからなかったよ。カッコよくなったね」

目を輝かせながら話す朱里ちゃんは、とてもかわいい。

それに——。

草太君って……。

朱里ちゃんは、そう呼んでるんだ？

でも、私の時はくんづけは嫌だって断られた。

それって……朱里ちゃんがそう呼んでたから？

だから、嫌だったの？

目の前が真っ暗になっていく感覚がする。それと同時に、わきあがる想い。

もしかすると、草太は……。

「朱里は変わってないな」

「えー、そうかな？　これでも、少しは身長が伸びたんだけど」

聞きたくない。

見たくない。

ふたりが仲よくしているところなんて。

「いや、相変わらず色白で細すぎだろ」

「そんなことないよーだ」

頬をプクッとふくらませる朱里ちゃんを見て、フッとゆるんだ草太の口もと。いつも以上に優しく見えるのは、気のせいかな。

そこで会話が途切れると、朱里ちゃんはようやく私に気づいたようだ。目が合い、小さく微笑まれた。

「ごめんなさい、ふたりの邪魔をしちゃって。つい、懐かしくて夢中になっちゃった」

「い、いえ、大丈夫です」

私も笑顔を返す。でもうまく笑えなかった。だけど、必死に笑ってみせた。

「それにしても、かわいい子だね。草太君が幸せそうで、よかった」

そう言いながら、なぜか眉を下げてさみしそうに笑う朱里ちゃん。

「俺らはそんなんじゃない」

「え？」

「そんなんじゃないから」

——ズキン。

強く言いなおした草太の言葉に傷つく私がいた。

もう落ちてる、きみに

なんだか嫌な予感がする。普段ならまったくなのに、こういう時の予感って必ず当たるんだ。

たとえば席替えで一番前の席になりそうな時とか、委員会を決めるくじ引きで一番面倒な委員になりそうな時とか。

実際にそうなった時、なるんじゃないかっていう嫌な予感がした。ううん、予感というよりも確信に近かったような気がする。その時の感覚にすごく似ている。

修学旅行二日目の夜、お風呂のあとにアイスが食べたくなって、咲希を誘って旅館の売店に向かった。

昨日はホテルだったけど、今日は旅館に宿泊している。大きな旅館で別棟もあるので、とても広くて迷子になりそうだ。

消灯までは自由に旅館の中を動いてもいいことになっている。もちろん、男女間の部屋の行き来は禁止だけど。

「ねぇ、このアイスおいしそうじゃない？」

「あ、ほんとだ！　おいしそう。私もそれにするー。チョコ味がおいしそう」

「私はイチゴ味にしようかな」

売店は混みあっていて、うちの高校だけじゃなくて他校の生徒らしき人もいる。

レジに並んで順番を待った。

「なんだかずっと上の空じゃない？」

「え？」

「本田君関係でなにかあった？」

咲希に言いあてられ、ドキッとする。

なんとか明るくふるまっていたつもりだけど、見抜かれていたらしい。

「言える時がきたら言うね……」

曖昧に笑うと咲希はそれ以上なにも言ってこなかった。

「朱里ー、アイスあったよー！　どれにする？」

「どれもおいしそう。あたし、このチョコのヤツにするー！」

朱里。

聞き覚えのある名前に、ふと振り返った。すると、偶然にもその場にいたのはお風呂上がりの朱里ちゃんだった。

友達とアイスを選んでから、私たちのすぐうしろに並ぶ。自然と目が合い、向こうも私に気がついた。

「さっきはどうも」

「え、あ、こちらこそ」

まさか、話しかけられるとは思わなかったからビックリした。あわててそう返すと、朱里ちゃんの視線は私の手もとに。

「アイス、あたしも同じの。チョコが一番おいしそうだったよね」

「あ、うん。おいしそうだった」

「だよね。あたしたち、気が合うかも」

なんて言いながら、出会って間もないほぼ他人の私に人懐っこい笑顔を浮かべる。

スッピンの朱里ちゃんは、童顔で子どもっぽく見えるけど、すごくかわいい。

無邪気というか、屈託《くったく》がないというか、その笑顔には悪意がひとつもなくて、純粋そのものにしか見えない。

世の中の汚《きたな》いものとはまるで無縁《むえん》で、綺麗なものしか似合わないような気さえする。

そしてそんな朱里ちゃんと草太は、ものすごくお似合いだ。

私なんかよりも、何倍も何百倍もお似合いだよ。

「名前は？」

「柳内亜子だよ」

「亜子ちゃん、か。かわいい名前だね。あたしは横田《よこた》朱里だよ。好きに呼んでね」

かわいい笑顔。たった数分で朱里ちゃんの人柄のよさがわかった。明るくて、前向きで、とてもいい子。

なのに、私はどうしてこんなに気分が沈むんだろう。

「あ、草太君」

え？

「朱里？」

すぐそばで聞き覚えのある声がした。

振り返ると、高木くんや野球部のメンバーと売店に来たであろう草太がいた。

「なんで朱里がいんの？」

「なんでって、この旅館に泊まってるからだよ」

「マジで朱里ちゃん？　え、なんで？」

高木君がビックリしている。

「マジだ、横田じゃん。懐かしー」

「わぁ、ほんと。みんな懐かしい」

同じ中学出身の野球部のメンバーと楽しそうに会話を繰りひろげる朱里ちゃん。その横で、咲希が私の耳もとに唇を寄せる。

「あれって、横田さんでしょ？　同じ中学だったから知ってる」

「あ、そっか。そういえば咲希は草太や高木君と同じ中学だっけ」

「相変わらず、なんだかかやな感じね」

「え？　そう？」

「私、ああいうか弱いタイプは嫌いなの。男に優しくされ慣れてますみたいなドヤ顔が許せない。あれは絶対狙ってるよ」

「えー？　普通にいい子じゃない？」

「どこが？　絶対に裏がありそう」

そう、かなぁ？

そんなふうには見えないけどな。

咲希と話しているけど、気になるのはうしろのふたりのこと。

弾むような朱里ちゃんの声と、とまどう草太の様子が伝わってくる。

ようやくレジの順番がきて、私たちはアイスを買った。部屋に戻るまでの間に溶けそうだったので、売店の近くの椅子に座って食べることに。

チョコ味のアイスはたしかにおいしかったけど、昼間のキャラメルポップコーンに比べたら甘さが足りないような気がする。

草太……朱里ちゃんと会えてうれしそう。とまどっているのも、相手が朱里ちゃんだから。

前に好きだったんだもんね。久しぶりに再会できて、うれしいんだろうな。

「はぁ」

重いため息を吐きだす。さっさと食べて部屋に戻ろう。アイスを急いで食べると頭がキーンとした。

「大丈夫?」

咲希が苦笑する。

「咲希……」

「ん?」

「私、草太のことが……っ。めちゃくちゃ、好きみたい」

だってね、ふたりのことが気になって仕方ないの。どんな話をしてるのかなって、草太は朱里ちゃんに再会してどう思ったかなって。

そんなことばかりが気になる。

「ほんとはね……ずっと前から、好きだった」

「うん、気づいてたよ」

「だよね……私、ずっと自分の気持ちから逃げてた。太陽と別れてから、ツラくて。こんな思いをするくらいなら、もう誰も好きにならないって思ってたんだ……」

時々相槌《あいづち》を打ちながら聞いてくれる咲希。

「でも……無理だった。いつの間にか、好きになってたの」

ようやく自分の気持ちに素直になることができた。そうしないとこの苦しさを受け止められないから、もう逃げるのはやめる。

「コントロールしてどうにかできるもんじゃないよ。亜子の場合、好きだって認めることができただけでも一歩前進だね。一度のツラい経験だけで、この先の人生を決めちゃうのはもったいないと思う。つまりなにが言いたいかっていうと、応援してるってことだよ」

「咲希……」

ううっ。

「ありがとう」

でも、自信がない。

私がそうだったように、そして、過去に朱里ちゃんのことが好きだった草太のように、人の気持ちは変わるんだ。

草太の気持ちは、今はどこにあるんだろう。

「おーい！」

遠くのほうで太陽が私に手を振っていた。太陽は男子数人といたけど、ひとりだけ輪から抜けてこっちへ歩いてくる。

「どうしたの？　太陽」

お風呂上がりなのか、身体から湯気が出ている。まだ濡れている髪の毛から水滴が落ちた。

「そのアイスうまい？　ひとくちわけて。うまかったら、俺もそれ買うから」

「あ、うん。いいよ、はい」

アイスが乗ったスプーンを太陽の口めがけてさしだす。

「サンキュー」

そう言いながら、太陽は大きな口を開けてアイスを食べた。

「うまっ。もうひとくちわけて」

笑顔でそんなふうにお願いしてくる太陽。私は昔からその笑顔に弱い。

「もう、仕方ないなぁ。はい」

「やった」

太陽のためにもう一度アイスをすくってスプーンをさしだした。

とくになんの意味もなくやったことだったけど――。

「ねぇ、あのふたりってまだ付き合ってたの？」

「いや、別れたはずだよ？」

「なんかいい感じじゃない？　元サヤ？」

かなりの注目を浴びてしまい、たくさんの視線を感じた。わ、恥ずかしい。咲希に接するのと同じようにしちゃってた。

私のなかで太陽はすっかり友達みたいな感覚だから。

「うまかった。俺もそれ買ってくる」

太陽は周りの視線なんて気にもせずに、笑顔で手を振り、去っていく。

自由というか、マイペースというか、太陽らしくて笑ってしまった。

「今の人がずっと忘れられなかったっていう人？」

「え？　よくわかったね」

「亜子を見てたらすぐにわかったよ」

「そんなにわかりやすいかな？」

「まぁね。でも、そこがいいんじゃないの？　さ、そろそろ部屋に戻ろっか」

「そうだね」

「亜子！」

立ちあがったところを、うしろから大きな声で名前を呼ばれた。

振り返らなくてもわかる、草太の声。咲希はニンマリ笑うと「先に戻ってるね」と私に言いのこして、歩いていった。

「もう部屋に戻んの？」

「ううん……まだ」

曖昧になっていたけど、草太とは昼間のテーマパーク以来だ。

『迷惑かな？　俺のこと』

『迷惑なら、もうやめる』

頭のなかにこだまする。

「や、めないで……」

「え？」

「迷惑じゃないよ……草太のこと。だから……やめないで」

うつむきながら発した声は、ちゃんと草太の耳に届いたらしい。

そしてなんのことを言っているのか、すぐに気づいたようだ。

ハッと息を飲んだのがわかった。緊張感が伝わってきて、私にまで伝染する。

「前にも言ったけど。俺、期待するよ？」

「……っ」

そんなことをサラッとまた。

まっすぐな眼差しにドキドキして、なにも言えなくなっちゃうよ。

「なぁ、聞いてる？」

「う、ん」

聞いてる。

でも、なにも言えない。どう言えばいいのか、わからない。

「まただんまり？　俺、亜子がなに考えてんのか全然わかんねーよ」

私はもう、きみに落ちてる。どうしようもないくらいに。だけどね、勇気がない。

どこか傷ついたような表情を浮かべる草太。そんな顔をさせたいわけじゃないのに、言葉が出てこない。

太陽の時はなりふり構わずに言えたのに、どうしてだろう。

どうすればいいのかわからなくて、変な空気が漂う。

きっともう、呆れてるよね。私といて、疲れたって思われたかもしれない。

「草太君！」

朱里ちゃんは走ってきて草太の隣に並んだ。

「バイバイ！　亜子ちゃんも」

かわいく笑って手を振る朱里ちゃん。

「……じゃあな」

草太もとまどいながら手を振り返している。

正直、朱里ちゃんには敵わない。あれだけかわいく笑われたら、誰だってドキッとするよ。

朱里ちゃんは友達と行ってしまった。残された私と草太の間に、再び気まずい空気が流れる。

「おーい、草太！　そろそろ消灯時間だぞ。戻んねーと、部屋に見回り来られたらやべーぞ！」

「おまえらだけ先に戻ってて」

野球部の友達にそう言い、私のほうを向く。なにか言いたげなその瞳。きっと、言いたいことはたくさんあるんだと思う。

なにもかもに自信がなくて、パッとそらしてしまった。

「じゃあ、私も戻るね……」

「待てよ、まだ話が終わってないだろ」

「で、でも、戻らなきゃ」

売店にいた生徒たちがあわてて部屋へ戻っていくのを見て、焦る。こんな状況でちゃんと話せない。それにたとえこんな状況じゃないとしても、話せるわけがない。

「亜子ー、じゃあな。おやすみー！　アイス、マジサンキュー！」

「え？　あ、おやすみ！」

急ぎ足で部屋に戻っていく太陽に向かって小さく手を振る。

「こっち来て」

力強く私の腕を掴んで、草太はどこかに歩いていく。売店から離れて、大浴場の前を通り、非常階段までやってきた。

そこには誰もいなくて、あたりはシーンとしている。

「ねぇ、戻らなきゃ」

「こんな中途半端なまま寝れんの？」

「……っ」

「俺は寝れねーよ」

――トンッ。

背中が壁にくっついた。両腕を掴まれ、壁に押しつけられる。目の前には草太の熱っぽい顔があって、ドキッとする。

「俺はアイツとは違う。傷つけないって誓うから」

耳もとでそんなに甘いセリフをささやかないで。頬にふれる草太の髪の毛からはシャンプーのいい香りがして、おかしくなりそう。

これ以上こうしていたら……ダメ。

身体の奥底が熱くなって溶けそうになる。

思わず下を向いた。

「初めてなんだよ、こんなに誰かを好きになるのは」

や、めて。ダメ、だよ。

ダメだと思うのに、顔を上げた。

いつもは余裕たっぷりでサラッと恥ずかしいことを言う草太も、今ばかりは余裕がないように見える。

上から見下ろされているこの格好。身体が密着して、草太の鼓動が伝わってきた。

「そんな目で……見るんじゃねーよ。マジでやばいから」

「や、やばいって……？」

なにが？

「はぁっ……まさかの無自覚かよ」

「え……？」

「抑えられなくなるっつってんだよ」

耳もとで熱い吐息と一緒に吐きだされた甘い声。

顔が近づいてきたかと思うと――。

頬に吐息がかかった。クラクラとめまいがして、倒れてしまいそう。

目を見張ったその瞬間――。

頬になにかがふれた。

色気たっぷりの鎖骨《さこつ》がTシャツの首もとから見えて、よけいにおかしくなりそうだった。

抑えきれない気持ち～草太 side～

「ご、ごめん！　私、戻るね！」
油断していた俺は、思いっきり胸を押し返されて、うしろへ弾きとばされた。
尻もちをついたと同時に、ハッと我に返った。
なに、やってんだ……俺は。
今、なにをした……？
やべえ。
やばすぎる。
走りさる亜子のうしろ姿を見ながら呆然とする。
「はは……っ」
頬にキスするとか……。
マジで……なにやってんだよ、バカじゃねーの。

頭を抱えてうずくまる。いくら抑えられなかったからって、いきなりそれはねーだろ。

「あー……くっそ。完璧、嫌われた……」

だってさ、仕方ないだろ。

風呂上がりの亜子からはとてもいい香りがした。さらには三上にアイスを食わせてやっているのを見て、ムカついた。

なんでだよ。好きじゃねーって言ったよな？

あんなことあんまり人にしたことないって、そう言ってたじゃねーかよ。

あんな場面を見せられて、冷静でいられるわけがない。

意味わかんねーよ。

笑って手なんか振ってんじゃねーよ。

まだ……好きなのかよ？

そう考えたら感情が突っぱしって、消灯時間が迫ってるっつーのに亜子を連れだしていた。

肩先までのボブカットがよく似合ってて、女の子らしいパッチリ二重のまぶた。背が低くて思わず守ってやりたくなるような亜子だけど、意外と芯が強くておまけにガンコ。

こうと決めたらひたすら突っぱしる直情型。

ドジで抜けているところもあるけど、いつも一生懸命で、他人に弱さや涙を見せないしっかり者の女の子。

振り向いてほしくて必死で、今までがんばってきたつもりだった。それなのに、大事なところでなにやってんだよ……。

迷惑じゃないなんて期待するようなことを言われて、舞いあがっていたバカな俺。

明日からどんな顔で会えばいいんだよ……。

「遅かったな、なにやってたんだよ亜子ちゃんと」

「べつに……なんも」

部屋に戻ると同室の拓也がニヤニヤしながら聞いてきた。なにかあると踏んでいるような顔に思わずイラッとする。

「顔、まっ赤だけど？　まさか、勢いあまって押したおしたとかじゃねーだろうな？」

「はっ？　そこまではしてねーよ！」

「はっはーん、そこまでは、ね。じゃあどこまでしたんだよ？」

やべっ、墓穴掘った。

「なんも……してねーし。つーか、なんでおまえにそんなこと言わなきゃいけねーんだよ」

「いいだろ、俺とおまえの仲なんだし。恋愛経験は、俺のほうが上だかんな？」

ここでコイツに話しても笑われるだけだ。もしくは、からかわれて終わりってこともあり得る。

いつもなら絶対に話したりしない。だけど今回は、完全に行く手を阻《はば》まれた。もうこれ以上打つ手なし。どうすればいいのか、わからなかった。

迷惑なら、やめる。

そう言ったのは、ただ亜子の反応が気になって試しただけだ。

せっかくいい方向にかたむきかけてたのに、それを台なしにしたのはまぎれもなく俺だ。

だから、素直に話したのに――。

「ぷっ！　壁ドンして？　甘い言葉で迫って？　ほっぺにチューって！　草太のキャラじゃねーし！　はははははっ！　ひーっ、腹いてーっ」

お腹を抱えて大笑いする拓也。涙まで浮かべている姿を見て、マジでイラッとした。

「マジでおまえ、投げとばされたい？」

「いやいや、ぷっ。悪かったって。ははっ。もう、笑わねーから……ぷっ、くくっ。でもまさかおまえがねぇ……ははっ」

「言ってるそばから笑ってんじゃねーか」

マジでコイツだけは、どうしようもない。

「悪い悪い、おまえがあまりにもかわいいからさぁ。ははははっ。あ、わり」

「…………」

本気で投げとばしてもいいか？

幸いここには布団があるし、ちょうどいい。

「あ、かわいいって言われるのが嫌なんだったな。けどおまえ、マジでウブだからさ。ほっぺにチューって。小学生かってーの。するなら唇だろ、なにやってんだよー！」

拓也はまだ笑っている。真剣に答えてくれる気はないらしい。

やっぱ、言うんじゃなかった。

「唇にとか……できるわけねーだろ」

「あともう一押しなのに、いざとなったらヘタレだもんなぁ、おまえ」

「ヘタレって……俺が言いたいのはそんなことじゃねーよ。好きでもない相手からこんなことされたら、迷惑だよなって……」

自分で言っててへこんだ。

そりゃ迷惑だよな、嫌だよな。

「まぁ、亜子ちゃんはほっぺにチューぐらいでうろたえねーだろ。今度は絶対唇にしろよな。それより、修学旅行先でまさか朱里ちゃんに会うとはなぁ」

「あー……だな」

「なんだよー、興味がなさそうなその反応は！　仮にも昔好きだった相手だろ？　熱が蘇ったりはしねーのかよ？」

「ねーよ。俺、過去は振り返らないって決めてるから」

「なにカッコつけてんだよ。すっげー好きだったくせに」

「昔のことだし」

そうだ、昔のことだ。それに、朱里にはちゃんと告白してきっぱりふられてる。

だからもう、俺のなかではちゃんと昔のことになっている。

それよりも今は、亜子のことでいっぱいで。

「亜子ちゃんと朱里ちゃんって似てるよなー。俺的には亜子ちゃんのほうがピュアでまっすぐだから好きだけど。朱里ちゃんはほら、男心をくすぐるツボを心得てる感じでかけひきがうまいよな。打算的で狙ってやってんのがバレバレだし、かわいいとは思うけど俺のタイプではないな」

「似てねーよ。それに、おまえのタイプとか聞いてない」

外見だけなら、最初はたしかに似てるって思った。でも、中身は全然似てねー。

「ウブなおまえはその罠《わな》にハマって……」

「うっせー、罠とか言うなっつーの。朱里のことは、もう思い出したくないんだよ」

どっちかっつーと、苦い思い出なんだ。

「あー……身長が低い人は恋愛対象にならないし、草太君はあたしよりかわいいから嫌だって言われたんだっけ？　それはマジ同情したわ」

「思い出させるなよ、忘れたい過去なんだから」

あの時は結構傷ついたし、立ちなおるのに時間がかかった。

「いいだろ、今は身長も伸びてカッコよくなったんだから。朱里ちゃんは中三の夏休みに引っ越したけど、久しぶりにおまえに会ってビックリしてたし。今頃、ふったことを後悔してるかもよ？」

「そんなわけないだろ。つーか、朱里のことはもういいから」

若干《じゃっかん》イラッと気味に言うと、拓也はそれ以上はなにも言わなかった。

頭のなかにあるのは、さっきの出来事。

後悔以外のなにものでもない。

いつも俺は、つい強引にしすぎてしまう。自信があるわけでも、カッコつけてるわけでもない。

コイツ、本当に俺の気持ちをわかってんのかなって。

かなり抜けてる亜子には、多少強引にしないと伝わらない気がして不安だから。

振り向いてほしくて、こっちを見てほしくて、必死だから。

それに三上とのことでカッとなって、つい……。

あせずには、いられなかった。

結局一睡《いっすい》もできないまま、朝を迎えた。

頭がガンガンして身体が重いし、朝飯の時間だってのに食欲がない。腹も減ってない。亜子に合わせる顔もない。

せっかくの修学旅行だってのに、なにやってんだよ……俺は。こじらせてる場合じゃないだろ。

「わり、俺、ダルいから今日は観光に行かずに寝とくわ。先生に言っといて。あとグループのヤツらにも」

「大丈夫かよ、マジで」

「あー、寝たら治るだろ」

観光よりもとにかく今は、亜子に会いたくない。

情けない話だけど、昨日はマジでやりすぎた。

絶対……嫌われた。はぁ、詰んだ……。

「ほっぺにチューで一睡もできねーとか、中学生じゃねーんだからさぁ」

「うっせー……そんなんじゃねーよ」

「ははは、まっ赤だぞ。ま、亜子ちゃんはほっぺにチューくらいじゃなんとも思ってねーよ。それ以上のことを元カレとしてるに決まってるしな」

「は？　なんでおまえがそんなこと知ってんだよ」

元カレとそれ以上のことをしてるって……。

「三上って見た目からしてチャラいし、手が早そうじゃね？　亜子ちゃんもかわいいしさ。押したおしたくなるのが普通じゃね？」

「それは……おまえの場合だろ？」

そんな想像、したくもない。

「は？　おまえ、俺と三上を一緒にすんなっつーの。俺はそう簡単にはやんねーよ」

「あーもう。うっせー。聞いてねーし。早く行けよ、集合に遅れるぞ」

軽く拓也をあしらい、頭から布団をかぶった。

「へいへい、行くよ。じゃあな」

拓也が出ていく気配を感じた。目を閉じてみるものの、さっきのアイツの言葉が頭から離れない。

なんなんだよ、マジで。

亜子と三上がキス以上のことをしてるなんて、考えただけでむしゃくしゃする。イライラしすぎて、どうにかなりそうだ。

想像したくないのに、浮かんでくる。

そういえば、昨日アイスを食わせてやってたな。

ポップコーンの時は初めてって言ってたけど、実際はどうなのかがわからない。三上の時は恥ずかしがるそぶりも見せていなかったのは、アイツとああいうことをするのに慣れてるから……なのか？

どうしてもいろいろと勘ぐってしまうのは、亜子と三上に付き合っていたという過去があるから。

あーくそっ。やめやめ。過去のことは関係ない。今の亜子がいればそれでいい。振り返らないって決めただろ？

それなのに気にしてんじゃねーよ。

こんなもん、寝たらなんともなくなってる。

――コンコン。

「んっ」

ノックの音にハッとして一気に目が覚めた。

――コンコン。

もう一度部屋がノックされた。あたりは薄暗くて、頭がボーッとする。まだちょっと頭が痛い。

考えすぎて眠りが浅かったせいか、スッキリしない。なんでこんなに気分が重いんだよ。気のせいかな、身体も少し熱い気がする。

起きあがり、部屋のドアの前まで行こうとする。今まで寝ていたせいか、足もとがふらついた。

「草太……寝てるの?」

すると、ドアの向こう側から予想もしていなかった声が。

え?

亜子……?

なんで?

思わず足が止まった。じっと息を潜《ひそ》めて、穴が開くほどそこを凝視《ぎょうし》する。

「寝てる、よね?」

「え、あ……うわっ」

落ちていた誰かのタオルを踏んづけてしまい、前のめりにズルッとバランスを崩す。大きな声が出て、思わず口もとを手で押さえた。

「草太？　起きてるの？　大丈夫？」

大きな音がしたのと、声が聞こえていたらしい。ドアの向こうで亜子の焦ったような声がした。

うわっ、やべ。

どうすりゃいいんだよ。

「ねぇ、返事してよ。お願いだから」

今にも泣きだしそうな亜子の声。拓也から俺のことを聞いて、心配して来てくれたのか？

「大丈夫……大丈夫だから」

鍵を開けてドアノブをひねった。たてつけが悪いせいか、キィーッと音を立ててドアが開く。

目の前には眉を下げて涙目の亜子がいて、不覚にもドキッとしてしまった。

そんな亜子を見て、かわいいなんて思ってる俺がいる。

「高木君から朝ごはんを食べられないほど具合が悪いって聞いて……すごく心配になったの。観光してても落ち着かないから、私だけ先に帰ってきちゃった……っ」

「マ、マジかよ。拓也のヤツ……」

わざと大げさに言いやがったな。亜子は拓也から俺のことを聞いて、楽しみにしていた観光を投げだしてまで俺のところに来てくれた。

やべぇ、なんだそれ。

なんだかもう、それだけで胸がいっぱいだ。

「顔、赤いよ？　熱でもあるの？」

「え、いや、これは」

そんなんじゃなくてさ……気づけよ。

おまえのことが好きだからだってことに。

「ダメだよ、まだ寝てなきゃ」

亜子は俺の腕を取って、部屋の中に連れもどそうとする。

背中のほうでパタンと閉まったドアに、ドキッとした。つーか、なんでこんなに無防備なんだよ。

「ほら、早く横になって？」

亜子は俺を布団のそばまで引っぱった。こんなになんのためらいもなくできるってことは、やっぱ慣れてんのかな……。

「ほら、早く布団に寝て？」

「………」

亜子は本気で俺のことを心配してくれているらしい。昨日の夜のことだって、まるで何事もなかったかのようなふるまいだ。

どう思ってんのかな……。

いや、どう思ってるって……そんなの、迷惑でしかないよな。

「はぁ……」

「ほら、疲れた顔してる。横にならなきゃ」

「いいよ、もう大丈夫だから」

「ほんと？　無理しないでね」

「してねーって。それより、観光を楽しみにしてたんじゃないの？　それなのに、俺とないから」

「あ、ううん。勝手に心配して帰ってきたのは私のほうなんだし、草太が気にするこのせいでごめん」

部屋の真ん中まで来た俺は、布団の上に座る。

同じように亜子も、俺の目の前にストンと腰を下ろした。両膝を折りまげてかわいく座っている。

おいおい……マジかよ。

布団の上に普通に座ってやがる……。

昨日あんなことがあったのに、警戒心ゼロだな、コイツ。

拓也の言った通り、亜子はほっぺにチューくらいじゃうろたえてないのかも……。

亜子のピンク色のツヤツヤとした唇に目がいく。この唇で、三上と……。

そんなことを考えたら、すっげーイラッとした。

ダメだ、亜子のことになるとつい感情的になって冷静でいられなくなる。

「あ、そうだ」

思い出したように、亜子がカバンの中を探りはじめる。

「あったあった」

そしてどうやらお目当てのものを見つけたらしい。

「これ、お土産。おそろいのスマホケースだよ」

「え、お土産とかよかったのに」

「いいの、受けとってもらえるとうれしいな」

それは京都限定のものらしい。金閣寺《きんかくじ》のイラストが描かれたポップでかわいいキャラクターもののスマホケースだ。

「サンキュ、うれしい」

だって初めての亜子からのプレゼント。しかも、おそろいってなんだそれ。うれしすぎるだろ。

「あは、よかった」

亜子はホッとしたように頬をゆるめた。なんとも言えない気持ちになって、うつむく。

「どうしたの?」

「いや、なんでも」

「ウソ、なにかあるって感じがする」

身体が密着しそうなほどに詰め寄ってくる亜子は、俺の顔を覗き込もうとする。

ますます冷静じゃいられなくなって、俺の心臓は早鐘《はやがね》を打った。

マジで、なんだ、これ。

それに、コイツ……。

危機感なんてまったくない。

俺のことなんて、男として見ていないってことか？

だとしたら、すごく悔しい。

昨日のあれは、なんでもなかったってことか。

亜子はほっぺにチューくらいじゃ……なんとも思ってないんだよな。

今頃になって拓也の言葉が真実味を帯びてきたことを実感する。

「三上と、どこまでいったの？」

「え？」

不躾《ぶしつけ》な俺の質問に、ポカンとして首をかしげる亜子。そんな姿までもがすっげーかわいくて、俺の心臓は限界を迎えそう。

「どこまで?」

「付き合ってた時……どこまでいったのかって」

自分でもなにを聞いてるんだと思った。こんなの、俺らしくない。過去なんて気にならないと思ってたのに……。

これが惚れた弱みってやつなのかよ。

「うーんと……あ、ゲーセンとか、アイス食べにいったり、ファミレスでごはん食べたり、カラオケに行ったりしたよ……?」

「いや、そういう意味じゃなくて……」

「え?」

どうやら俺の意図《いと》はまったく伝わっていないらしく、亜子はさらに首をかしげた。

わけがわからないと言いたげに揺れるウルウルした瞳。

やわらかそうな唇。

——ドサッ。

「きゃっ」

気づくと俺は、そんな亜子を押したおしていた。

亜子の腕は細くて、身体もちっちゃくて。上からおおいかぶさるだけで折れてしまいそうだった。

ふわりと香るいい匂いに、クラクラとめまいがしそうになる。

冷静じゃいられなかった。

過去の男に嫉妬してる醜《みにく》い自分。

「そ、草太……なんで、こんなこと」

だから、そんな目で見んなって。ウルウルと潤んだ、かわいい瞳。小さな唇が少しだけ開いていることに色気を感じる。

や、やばい。

ドキドキしすぎておかしくなりそう。

亜子を組みしいていると理性なんて簡単に飛ぶんだよ。

「と、とにかく、離れて。ね？」

「慣れてるんじゃないの？」

「え？」

今度は亜子は目をパチクリとさせた。

「こういうこと、三上としてきたんじゃねーの？」

この小さな唇でキスしたり、甘い言葉をささやいたり、もしかしたらキス以上のことだって……。

そう考えたらキリキリと胸が痛くて、はりさけそうだった。

「も、もう、なに言ってんの……っ」

「どうしてこの状況で笑えるんだよ」

「……っ」

怒りと嫉妬。俺はほぼ無意識に亜子の唇に自分の唇を押しあてていた。

きみのことが好きだから

大きく目を見開いたまま身体が固まる。頭がまっ白になるって、こんな時のことを言うんだ。

草太は慣れたように目を閉じて、私にキスをしている。

頬ではなく……唇に。

昨日と同じ唇の感触に、思考が停止している頭を必死に動かそうとしてみる。

昨日、中途半端なまま逃げるように部屋に帰って、それから……。

全然寝られなかった。

今日だって観光中ずっと草太のことが頭から離れなくて、具合が悪いって聞いたから心配だったんだ。

だから……意を決して観光から抜けてきた。

それなのに……。

必死に頭を回転させてみるけれど、全然わからない。

それどころか、考えれば考えるほどわからなくなっていく。

草太の唇はとても温かくて、こんな状況なのにキュンとしてしまっている私。次第に体温が上昇して、ドキドキしてくる。
ダ、ダメだ、クラクラするよ、
草太はしばらくして唇を離した。

熱をもった唇が急速に冷めていくのを感じる。

キスをした時の草太は、なんとなくだけど怒っていたような気がする。

こういうことを太陽としてきたんだろって、慣れてるんじゃないのって……。

慣れてなんか、ないよ。

ファーストキスだったんだ。

笑ったのは、押したおされてどんな顔をすればいいかわからなかったからだよ……。

草太はバツが悪そうに私の上から退くと、背を向けてうつむいた。

「……ごめん」

よく耳を澄まさないと聞きとれないほどの小さな声。

ごめんって……なに？

なんで謝るの？

そりゃいきなりキスされてビックリしたのは事実だけど……。

草太は頭を抱えて、大きなため息を吐いた。

「俺……マジでなにやってんだ……っ」

そうボヤきながら、小さくなって頭をかきむしる。

「あ、あの……私は大丈夫だよ？」

草太のことが好きだから、傷ついてないって言ったらどんな顔をするかな。

そもそも、どうして草太がこんな行動に走ったのかは理解不能だけど……。

太陽と私の仲を気にしてるっぽいから……もしかすると、嫉妬……？

なんて思ってみたり。

「私、太陽とは――」

「なにも言わなくていい」

「え？」

「俺から聞いといてなんだけど、やっぱり聞きたくないから、そういうの」

手のひらを見せるようにして私の前にさしだした草太は、いまだにバツが悪そうな表情を浮かべている。

目を合わせようとしないし、後悔しているような雰囲気を醸しだしている。

「昨日の夜といい、今日といい……本当に申し訳ないことをしたと思ってる」

昨日の夜……それに今日も。

私たちの間には変な空気が流れている。

そもそも、私がはっきりしないのが原因なのかな……。

『迷惑じゃないよ』

そう言った真意を、伝えていないままだから。

草太は中途半端なまま寝られなかったの……？

でもそれは、私もだよ。

ドキドキしすぎて、眠れなかったんだ。

はっきり言わなきゃ、きっと草太には伝わらない。草太はこれだけ気持ちを伝えてくれたんだ。

だったら私も……素直にならなきゃ。

「あ、あのね……私、草太のことが」

「迷惑……だよな」

かぶせるようにして言葉が降ってきた。草太は反省しているのか、昨日までの強気な態度は一切ない。

「ううん、そんなこと……ないっ！」

言おう、ちゃんと。

「あ、私、草太のことが……好き、だよ」

そう言ったら、頭を抱えていた草太の動きがピタッと止まった。

「え……？　今、なんて？」

「だ、だから……草太のことが好きだよって……言ったんだけど」

改めて言うと、恥ずかしくて身体が熱くなった。

「は？　えっ？」

草太はポカンとしながら恐る恐る振り返って私を見る。

その顔は誰が見てもわかるくらい、まっ赤だった。だけどそれは私も同じで、気持ちを伝えたあとだからよけいに恥ずかしい。

「えっと……ホントだから……っ」

それでも疑うような目を向けてくる草太の目を見てそう言った。

「マ、マジで……？　えっ、と……す、好きって」

「う、うん……マジで……好き」

「マジかよ、やべー……俺、嫌われてるって思ってた」

「そんなはずないじゃん。昨日はちゃんと言えなかったけど……私は草太が……好きだよ」

やっぱり何度言っても恥ずかしい。

つい赤くなった頬を手で隠した。

「うれしい……俺も亜子のことが好きだよ……」

「う、うん……」

ううっ、は、恥ずかしい。

昨日あんなに不安だったのがウソみたいに、草太の熱い想いがしっかりと伝わってくる。

「昨日、亜子が三上と仲よくしてるの見てすっげー嫉妬してさ。だけど、今、亜子の気持ちを聞いて、俺、なにやってんだろうって……カッコ悪いとこばっか見せて、マジで恥ずかしい」

「私、昨日は草太の行動にビックリしちゃって……すごく恥ずかしくて、それで思わず逃げちゃったの。太陽のことは……友達としか思ってないから……」

「それでもやっぱり気になるよ。元カレ、だから」

すねたような目つきに、胸がキュンとなる。

なんだ、この気持ちは。

うれしいを通りこして、幸せすぎるよ。

「でも、もう気にしない。これからは、俺との思い出で埋めつくしていくから」

照れたようにはにかむ草太に私もぎこちなく微笑み返す。

朱里ちゃんのことが気にならないと言ったらウソになる。でも、私は草太の言葉を信じたい。

考えてみたら、両想いって初めてなんだもん。

失敗しないように、大切にしなきゃ。

その日の夜、夢見心地のまま布団に入った。

草太との間に起こったことを、頭のなかに思いうかべてはニヤニヤしている。

「で、なにがあったの？」

同じく布団に入って肩肘をついた咲希が、なにかがあったと確信したような表情で問いただしてくる。

「うふふっ」

「なによ、その不気味な笑いは」

「えへへ」

「本田君となにかあったんでしょ？」

「わかる？」

単純かもしれないけれど、ものすごく顔がゆるんでしまっている。

「そんなの、誰が見てもわかるよ。観光中の亜子は、本田君のことが気になって落ち着かないって感じだったのに、戻ってきたら顔を赤くして、ボケーッとしてるんだもん」

どうやらものすごく態度に出てしまっていたらしい。

「あのね、実はね……」

テンション高く咲希に話した。けれど六人部屋でクラスのほかの女子もいたので、声を小さめにして控えめにしたつもり。

だけど、バッチリ聞かれていたらしい。

「なになに？　柳内さんの恋バナ？」

「誰の話ー？」

「聞かせてー」

同室の女の子たちが目をキラキラさせながら頭を寄せてくる。

今まで話したこともなかったので、目を見開いてビックリしていると。

女の子たちは互いの顔を見合わせた。

「あ、ごめんね、いきなり」

そう言ってひとりの女子、小田原《おだわら》さんが話しだす。

小田原さんはテニス部に所属しているショートカットのボーイッシュな女の子だ。

小顔でスタイルがよくて、とても愛嬌のある顔立ちをしている。

ほかの子もみんなテニス部やバスケ部に所属していて、素朴な感じの子ばかり。

「あたしら、柳内さんや南野さんと話してみたいなぁと思ってて。でも、柳内さんがイジメられてたり、男好きとか変なウワサのこともあったし、信じてたわけじゃないけど、なかなか勇気が出なくて話しかけられなかったの。ね？」

小田原さんの言葉にうんうんと強く同意する三人。

「修学旅行で同じ部屋になったのもなにかの縁だし、この機会に仲よくしてもらえないかな？」

にっこり笑う小田原さんの笑顔はキラキラとまぶしくて、今度は私と咲希が顔を見合わせた。

そしてお互いに口もとをゆるめて笑う。

そんなの、聞かれなくても答えは決まってる。

「「もちろんだよ！」」

「あはは、ふたり、ハモってるしー！」

そう言われて、今度は私たち全員が顔を見合わせて笑った。

楽しい楽しい修学旅行の夜、最終日。

明日は帰るだけだしということで、私たちは遅くまで恋バナに花を咲かせた。

「えー！　亜子ちゃんって本田君のことが好きだったの？」

「きゃー！　告白して、キスまで？」

「進んでるー！」

友達になったばかりの人に恋バナをするなんて、きっと修学旅行マジックがかかっているんだ。

恥ずかしいけど、うれしいやら、テンションが上がっているやらで、正直に全部話してしまった。

だけど聞いてもらえるとうれしくて、改めて口にすることでだんだんと現実味を帯びてきてドキドキする。

こうして話している間にも、どんどん気持ちがふくらんで草太のことしか考えられない。

「おめでとうー！　うちらのクラスでカップル誕生二組目だぁ！」

「すごいよね、さっすが修学旅行って感じ」

「やっぱり想いを伝えるには絶好のチャンスだもんね」

「え、二組目？　ほかにもいるの？」

「うん、美優《みゆ》と小関《おぜき》君だよ」

「美優ちゃん？」

もう全員が下の名前で呼ぶほどの仲に。これもきっと、修学旅行マジック。

美優ちゃんとは、小田原さんのことだ。

咲希もノリノリでみんなの話に興味津々。

美優ちゃんは、顔を手でおおいながら「あたしの話はいいからっ！」と恥ずかしげ。

「美優ってば、照れちゃって。この子、昨日、小関君に告られたんだよ」

「へぇ、そうなんだ」

「バスケうまくてカッコいいよね。小関君、この修学旅行でほかのクラスの子から告られたらしいよ」

「それで美優がヤキモキしちゃって、告白しようと呼びだしたら、逆に告白されちゃったっていうね」

「わ、すごーい！」

私は目を輝かせた。人の話を聞くのもすごく楽しい。なにより、咲希以外のクラスの子と仲よくなれたのがうれしい。

「でもさぁ、本田君って野球以外興味ないって感じだったのにね」

「わかるー！　あの硬派な本田君を、どうやって落としたの？」

「お、落とした……なんて、そんな、滅相もないっっ！」

「亜子ちゃん、まっ赤だよぉ？　かわいい」

うう、恥ずかしい。

助けて、咲希。

そんな目で咲希に目をやると、クスッと笑われた。

「本田君って、硬派に見えて実は普通の男子と変わらないからね。あたしが知る限りじゃ、かなり亜子に惚れてる」

「ちょ、咲希！　なに言ってんの」

恥ずかしいじゃん。

照れるじゃん。

「きゃー、いいなぁ！　あたしも彼氏ほしいー！」

「そんなふうに愛されてみたいよねー！」

キャアキャア言いながら夜が更けていく。

やっぱりみんな、彼氏がほしいって思ったりするんだ。

興味がなさそうに見えても、心のなかでは憧れてるんだね。

話題がほかに移った時、咲希が私を見て優しく微笑んだ。

「ほんと、よかったね。両想いになれて。これからも応援してるから、がんばってね！」

咲希にまた笑われたけど、そう言ってもらえてとてもはげまされた。

なにかあった時、相談できる友達がいるっていいよね。

「今度は失敗しないようにがんばるね！」

「失敗しないようにって、今から考えるの早くない？　まだ始まったばかりなのに」

「ううん、今から考えなきゃいけないことなの。だって、私は……」

……過去に失敗してるから。

もう同じ過ちは二度と繰り返さない。

草太を失いたくないんだ。

だから今度は、大切にする。

そう心に誓って、眠りについた。

第四章

カレカノ

修学旅行が終わって次の日の土曜日。

なんとなくじっとしていられなくて、ひとりで地元をウロウロしていた。

修学旅行の疲れはほとんどなくて、へんに気持ちが浮ついている。

昨日、あのあと草太と会うと、草太は照れくさそうに、でもまっすぐに私の目を見て笑ってくれた。

付き合おうって言われてないけど、でも、両想いなんだし、そういうことだと思ってもいいんだよね？

「はぁ……」

幸せ。

夜にメッセージがきてしばらくやり取りしていたけど、草太は寝てしまったのか途中から返信がこなくなった。

歩きながらスマホを確認したけど、返事はまだない。
こっちから送ってみようかな?
いやいや、でも、寝てるんだと思うし。
音で起こしちゃうのはマズいよね。
それにあんまりしつこくして嫌われたりもしたくない。
太陽の時に、それで失敗しちゃってるもんなぁ……。
昨日会ったばかりなのに「会いたい」とか「さみしい」とか言っちゃいけない。
友達から好きな人、好きな人から彼氏に変わった時、その境界線に困るというか。
どこまで踏み込んでいいものなのか迷ってしまう。
草太のことをまだ全部知ったわけじゃないし、これから知っていきたいとも思う。
そのなかでゆっくり私たちのペースを探っていけばいいのかな。
草太はどう思ってるんだろう。
そもそも、付き合うってことが私のなかでいまいちピンとこないというか。
太陽の時は、付き合ってても普通の友達と変わらなかったもんなぁ……。
手すら繋いだことなくて、あれ、なんだこんなもんなのかって思ったっけ。

さすがの私も、ワガママは言えても、自分から太陽にふれることはできなかった。

ふれたい、ふれてほしいって思っても、太陽に好かれている自信がなかったから。

——ピコン。

「わっ」

駅の広場のベンチに座っていると、スマホが鳴った。

草太からだ。

『ごめん、今起きた！　亜子はなにしてる？』

——ドキッ。

やっぱり寝てたんだ。

『もうお昼だよ？　私は駅のベンチでボーッとしてるよ★』

草太の住むタワーマンションは駅のすぐそばで、ここからでも十分にその外観がうかがえる。

『は？　駅？　なにやってんの？』

草太からはすぐに返事がきて、私はドキドキしながら文字を打った。

『落ち着かなくてブラブラしてるの☆』

『待ってて、すぐ行く！』

えっ？

す、すぐ？

や、やばい、さすがにこれは予想してなかった。

オシャレしてきてないし、服だってすっごくラフなのに。

一度家に帰ってもいいかな？

でもすぐ来るって言ってるし……。

会いたくないけど、会いたい。

胸の奥からじわじわと気持ちがあふれてくる。

「亜子！」

しばらくして息を切らした草太がやってきた。

寝癖がついたままの髪とトロンとした瞳。

よっぽど急いできたのか、肩で息をしている。

「どうしたの、そんなにあわてて」

「いや、はぁはぁ。なんか、いてもたってもいられなくてさ」

「だからって、そんなに急いで来なくても。私は逃げないよ？」

クスクス笑うと、草太はムッと唇をとがらせた。

小さな男の子みたいでなんだかかわいい。

「それほど会いたかったたってことだろーが」

「……っ」

不意打ちの返事に一瞬で身体が熱くなった。
ダ、ダメだ。
そんな甘いことを言われたら、なんだかむず痒《がゆ》い。

草太はスマホ片手に私の隣に腰かけた。

「スマホケース、使ってくれてるんだね」

「え？　ああ、せっかく亜子からもらったおそろいのものだし」

「えへへ、うれしい。ほら、私も」

草太のスマホの横に自分のスマホをかざす。

色違いのスマホケースは、私がピンクで草太が黒。

「なんかハズいな。俺、おそろいのものとか持つキャラじゃなかったのに」

「そうなんだ？　じゃあ、よけいなことしちゃったかな」

完全に私好みのスマホケースだし、しかもちょっと女の子っぽいデザインだし。

もしかすると気にいらなかった？

草太の好みがわからないから、押しつけてしまってたら嫌だな。

「俺のこと考えて選んでくれたんだなって思ったら、普通にうれしいよ」

「あ、色は草太のこと考えて選んだよ。デザインは私の趣味だけど」

「なんかもう、それだけでうれしい」

なんて言って照れたように草太が笑うから、私まで顔が赤くなってしまう。

ドキドキしすぎておかしくなりそう。

「このあと時間大丈夫？」

「え？　あ、うん」

「俺、腹減っちゃってさ。よかったら、そこのファミレス行かない？」

「そういえば、私もお昼まだ食べてないや。あ、もしよかったら家に来る？　よければ簡単なものでも作るよ」

「え、いや、でも」

「あはは、遠慮しなくて大丈夫だよ？」

「いやいや、ほら、気ぃつかうしさ。とりあえず、今日のところはそこのファミレスにしようぜ」

「そう？」

まぁ、草太がそう言うなら。

もしかすると私の手料理が嫌だったのかな。

この前お弁当の唐揚げを喜んで食べてたから、好きだと思ったのに。

べつに変な意味はなく誘ったんだけどな。

まぁでも、人の家って気を遣うのはたしかだよね。

ファミレスのほうが気兼ねしなくていいのかもしれない。

ファミレスに着き、席に案内してもらって向かいあって座ると、なんとなくまた緊張してきた。

草太はどことなく元気がなくなっていて、どうしたんだろうと首をかしげる。

「あんまりさ、簡単に家に誘ったりすんなよ。俺だって、一応男なんだから」

「え？」

「もうちょっと危機感をもってください」

「き、危機感……」

それは、草太はどういう意味で言ってるの？

なぜだかまっすぐに見つめられて、草太の瞳は熱を宿しているように見える。

「男を家に誘う時は、とくに」

「べ、べつに、私はそんなつもりで言ったわけじゃ……」

草太にそう思われていたことが、ものすごく恥ずかしい。

「いや、うん。わかってるけど、でも、そこは意識したほうがいいと思う」

「ご、ごめん……」

そう言いながらうつむく。

やっぱり誘わないほうがよかったんだ。

軽い女だって思われちゃったかな。

それはそれでなんとなくショックだ。

またやらかしちゃった？

もう失敗はしたくないのに、草太に嫌われたらどうしよう……。

とたんに不安が胸を埋めつくしていく。

嫌われたくない、絶対に。

太陽の時みたいに、失って傷つくのだけは絶対に嫌だ。

「亜子?」

うかがうような草太の声に顔を上げる。草太は急に黙り込んだ私に、どこか心配そうな目を向けてきた。

「ご、ごめんね。これからは気をつけるから!」

私は無理に笑顔を作った。

「あ、おう!」

作り笑いしたこと、気づかれるかと思ったけど、大丈夫だったみたい。

そのあと食べたオムライスの味は、なぜだかよく覚えていない。

それから一週間が経って、お昼休みの中庭に私と咲希はいた。

「なんかあったの?」

「うーん……あったといえばあったし、なかったといえばなかったような……」

手作りサンドイッチをほおばりながら、頭をひねる。

そう、とくになにかあったわけじゃない。

強いて言えば、あの日からなんだか変なんだよね。

「なに？　本田君とケンカでもしたの？」

「あ、ううん。そんなんじゃないよ。でも、付き合うって大変だなって思って」

「えー、まぁ、そりゃあね。お互い、相手に嫌われないように努力する必要は少なからずあると思うし。思いやりは大事だよね」

「そうだよね」

「だいたい、好きな人が一生自分だけを好きでいてくれるって、奇跡に近いことだと思わない？」

咲希の言葉はどこかズッシリと胸に響いた。

草太が一生私を好きでいてくれる保証なんて、どこにもない。

ずっと好きでいてもらえるように、努力しなきゃいけないんだ。

でも、どうやって？

「人の気持ちっていつ変わるかわからないから、怖いっていうか。でもまぁ、本田君にはそんな心配ないよね」

「いや、うん、どうかな……」

わからない。

だって、自信がないんだもん。

太陽の時のことがあるから――。

「なんだかこの頃、妙に意識しちゃって、普通に話せないっていうか……会話が途切れることが多いんだよね」

なにを話せばいいのかわからない。

こう言ったらどう思われるかなって、嫌われないようにするには、こんなこと言っちゃダメだよなって。

最近ではそんなことを考えながら会話してしまっている。

だからうまく返せなくて、私から話を終わらせてしまうことが多くなった。

草太はいつも通りなのに、私だけがへんに意識しちゃってる。

嫌われないようにするのに必死なんだ。

「大丈夫？」

「え、あ、うん！」

「あんまり思いつめないほうがいいよ。亜子はなんでもまっすぐに受けとっちゃうから」

「大丈夫だよー、嫌われないようにがんばるからっ！」

そうだ、嫌われないようにしなきゃ。

頭のなかはそればかり。

「嫌われないようにって、がんばるところはそこじゃないでしょ？」

「なに言ってんの。嫌われちゃったら元も子もないじゃん」

「そうだけどさぁ、亜子は大丈夫だよ。本田君って、なんでも許してくれそうだし」

「そんなことないよ」

自分に自信はないけど、リストアップして自分磨《みが》きをがんばってみる。

その一、自分から会いたいって言わない。

その二、さみしいって言わない。

その三、ベタベタしない。

その四、メッセージや電話も自分からはしない。

その五、どんな時も笑顔でいる。

その六、ワガママは言わない。

その七、会う時は目いっぱいオシャレする。

その八、どんなことも笑って許す。

その九、すぐにすねない、泣かない。

その十、過度な愛情表現はしない。

これくらいがんばれば、十分じゃない？

だって、嫌われたくないんだもん。

一緒にいて、面倒だと思われたくないんだもん。

お互いに気持ちを伝えあったら、永遠に幸せでいられると思っていたけど、それはきっと努力の賜物《たまもの》だと思うから。

「咲希、ありがとう。おかげで方向性を見失わずにすんだよ」

「私の言葉なんて、軽く聞きながしてくれていいんだよ？　本田君は例外だろうし」

「ううん、アドバイスありがとう！　助かったよ」

「いや、アドバイスというか。どれも一般論だけどね。はぁ、変な方向にいかなきゃいいけど……」

なんて咲希がボソッとつぶやいた。

教室に戻ると、草太は高木君やクラスの男子や女子たちと楽しそうに談笑していた。

いつ見ても輪の中で一番目立ってる。

はぁ、カッコいいなぁ。

どんどん好きになってるよ。

どんな話をしているんだろうと思いながら、耳を澄ませる。

「だからー、男って手にいれたらそれで終わりなのよ。もう自分のものになったからって、付き合っても努力しなくなる。身体の関係をもったあとは、とくに優しくなくなる」

「いや、それは付き合う相手が悪すぎたんだって」

「ううん、そんなことないよ！　最初はすっごい優しかったもん。それなのに、手にいれたとたん急にだからね」

「あー、でも言ってることはわかる。男って狩りを楽しむ生き物だからな。つかまえた獲物には、興味なくなるっていうか」

「ほら！　あたしの言った通りじゃない！」

クラスでも目立つグループの派手でかわいい女子と、いかにもチャラチャラしている高木君の会話。

その場にいるみんなは笑って聞いているだけ。

男子はうんうんと、高木君の声に同意している人多数。

な、なんて話をしてるの。

草太はうんともすんとも言ってないけど、もしかするとこれが一般的な男子の思考なのかな。

ちょっと待ってよ、手にいれたら終わりって……。

身体の関係をもったあとは、とくに優しくなくなる……。

つかまえた獲物には興味がなくなるって……。

ううっ、なんだか今の私にはリアルタイムすぎてへこむ。

そんなつもりはなくても、簡単に家に誘ったことが本当に恥ずかしくなってきた。

自分の席に座り、両手で頬をおおうようにして机に肘をつく。

教室での草太との距離感は前よりも近くなったとは思うけど、なんとなく自分からは話しかけにくい。

うしろから視線を感じるのは、席替えで一番うしろの席じゃなくなったから。

咲希とは席が離れちゃってさみしいけど、隣に美優ちゃんがいてくれるから心強い。

美優ちゃんに目を向けると、気まずそうに顔を伏せていた。

「どうしたの？」

「教室であんな話するの、やめてほしいよね」

「え、あ」

うしろをチラッと振り返りながらため息を吐く美優ちゃん。その輪のなかには小関君もいる。

あんな話を聞かされたら誰だって気まずいと思うし、彼氏がそこに混ざっていたら嫌だよね。

「なんだかあたし、すごく自信がなくなってきた……」

「ええっ、なに言ってるの。大丈夫だって」

美優ちゃんが頭を抱えながら机に突っ伏す。

私はそんな美優ちゃんの肩をそっと叩いた。

「大丈夫だよ、小関君って美優ちゃんのことめちゃくちゃ大事にしてるじゃん」

「ううっ、そ、それがね、今週末家に来ないかって誘われてるの」

「えっ？」

「親がいないからって……それって、そういうことだよね⁉」

半泣きになりながら、美優ちゃんが私に視線を向ける。

「ひぇー、あの爽やか系男子の小関君でも、そういうことを考えてるんだ……」

「ううっ」

「美優ちゃんが嫌なら、ちゃんと話して断ってもいいと思うけどなぁ」

小関君は優しいから、そのくらいじゃなにも言わないと思うし。

本当に美優ちゃんのことが好きなら考えてくれるでしょ。

「で、でも、気まずくなったり、嫌われたくないしさぁ……」

「そんなことで嫌うようなら、それまでの人だったってことだよ」

「そう、かなぁ？」

「うん、そんな人、こっちからふってやる！　くらいの覚悟をもたなきゃ」

「う、うん。そうだよね！　わかった、がんばって本音を話してみる」

「うん！」

パアッと明るくなった美優ちゃんの顔を見てホッと息をつく。

なんとなくだけど、小関君は美優ちゃんのことを大切にしているような気がする。

話してる時の雰囲気とか、美優ちゃんを見つめる優しい瞳とかでわかる。

「亜子」

いつの間にやら草太が席に戻ってきていて、うしろから声をかけられた。

「どうしたの？」

「今日の帰り、ヒマ？」

「今日？　とくに予定はないよ」

「俺、部活休みなんだよ。帰り、どっか寄ってく？」

「うん！」

うれしくて大きな声でうなずく。するとクスッと笑われた。

「はは、子どもみたい」

「う、うるさいなぁ。いいでしょ」

ムッと唇をとがらせると、さらに笑われた。

だって初めての放課後デートなんだもん。

それも草太からのお誘いなんて、うれしすぎるんだけど。

だけどそんなことは顔に出さない。

思わずニヤけちゃうけど、我慢我慢。

「はは、顔に出すぎ」

通りすがりの高木君に笑われた。彼は私と草太の横を通って、自分の席である私の前へと座る。

「亜子ちゃんって、わかりやすいよなぁ」

「う、うるさいなぁ。いいでしょ、ほっといてよ」

「うーわ、なんかカリカリしてるな、今日の亜子ちゃんは」

高木君がからかうように私を振り返る。

どうしてよりによって、こんな席になっちゃったんだろう。

うしろに草太、前に高木君って……。

草太はいいけど、高木君はなにかと絡んでくるから、ちょっとやりづらい。

「はぁ、いいよな、おまえらはさぁ。ラブラブでうらやましいよ」

とくに草太のことで絡んでこられるのが一番困る。

「ラ、ラブラブとか、そんなことないからっ！」

こんなふうに言われるのはしょっちゅうで、そのたびにムキになって言い返してる。

「おーおー、まっ赤になっちゃって。亜子ちゃんって、マジでかわいいな」

「な、なに言ってんのっ」

「なぁ、草太。お嫁さんにしたいくらいかわいいよな？」

「なっ……なに、言って、くれちゃってんにょ」

ビックリしすぎて思わず噛んでしまった。

「ははは、マジでかわいい亜子ちゃん。俺のツボだわ」

お腹を抱えて大笑いする高木君と、まっ赤になる私。

「拓也、いいかげんにしろ」

うしろから草太の低い声が聞こえてきた。

「はは、悪かったって。亜子ちゃんって、からかうとおもしれーんだもん」

「うう、ひどい」

高木君に笑い者にされるなんて。

「人の彼女を笑うな」

——ドキッ。

『人の彼女』って。

改めて彼女宣言されたことにドキッとする。

「それに、かわいいとか言うな」

「妬くなよー、冗談だろ？」

「それでも、ムカつく」

独占欲まるだしの草太に、ドキドキが止まらない。

好きな人の好きだった人

放課後になってふたりで廊下を歩いていると、いろんな人からジロジロ見られているような気がした。

とくに女子からの視線がすごくて、ヒソヒソ言われているような……。

「な、なんだか照れるね」

「え、そう？」

なんて言いながら草太は平然と笑っている。こんなに恥ずかしいのは私だけ。

周りの視線や声に気づいていないのか、草太は笑顔で「どこ行く？」と私に聞いてくる。

「ど、どこでもいいよ。草太の行きたい場所で」

本当はちょっとお腹が空いたから、甘いものでも食べたいところだけど。

でも、草太は甘いものが苦手だって前に言ってたし、付き合わせるのは悪いから黙っておく。

「どこでもいい、かぁ。うーん、迷うな」

「うん、ホント草太の行きたい場所でいいから」

「うーん、そう言われると困るな……」

草太と一緒にいられるなら、どこだっていいんだけどな、私は。

昇降口にたどりつき、ローファーに履きかえて校門に向かって歩く。

草太との距離は近すぎず遠すぎずで、人ひとりぶんほど。

歩いていると、校門のほうが騒がしいことに気がついた。

「ねぇねぇ、俺らと遊びにいこうよ」

「すっごいかわいいよね」

「誰を待ってんの？」

そこには数人の男子の姿。

どうやら女の子を取り囲んで声をかけているっぽい。

女の子の華奢なうしろ姿が見えてきた。

セーラー服にベージュのセーター、紺色のプリーツスカート姿の女の子。

「ごめんね、あたし、人を待ってるの」

どことなく聞き覚えのある声にハッとする。

まさか……いや、でも。

次の瞬間、女の子がゆっくりと振り返った。

「あ！　草太君！」

「え、朱里……？」

「えへへ、来ちゃった」

朱里ちゃんはかわいく笑いながら、ゆっくり私たちのもとへと歩み寄ってくる。

私は信じられない思いで、ぼんやりと朱里ちゃんを見つめていた。

どうして……朱里ちゃんがここに？

なにをしにきたのかな。

人を待ってるって言ってたけど、誰を待ってたの……？

いろんな疑問が胸のなかにわいてきた。

どうしてそんなににっこりしてるんだろう。

まるで草太に会えてうれしいみたい。

「なんで、ここに？」

「会いたくなったから、思わず来ちゃった！」

「え？　は？　いや、意味わかんないから」

「そんなふうに、言わないでほしいな。だって、ずっと会いたかったから……」

目を潤ませながら、草太の学ランの裾に手を伸ばす朱里ちゃん。

その仕草は女子の私から見てもすごくかわいくて、男子なら絶対にドキドキするに違いない。

でも、なんで、朱里ちゃんが……。

草太に会いたかったって……なに？

どういう、こと？

私よりも簡単に草太にふれる朱里ちゃんを見て、ズキンと胸が痛む。

草太もそれを振りはらおうとしなくて、わけがわからないと言いたげな様子。

「ねぇ、これからどっか行かない？　あたし、おいしいパンケーキが食べたいな」

「いやいや、俺、これから用事あるし」

「えー、用事って？」

プクッと頬をふくらませながらすねる朱里ちゃんも、すごくかわいい。

「亜子と出かけるから」

「亜子ちゃんと？」

朱里ちゃんは絶対に私に気づいていたであろうに、今初めて私に気づいたかのように目を見開く。

「わぁ、いたんだ？　気づくのが遅れて、ごめんね？」

い、いたんだって……。

絶対気づいてたよね？

朱里ちゃんって、天然？

それとも、知っててわざと？

「亜子ちゃんと出かけるって、どこに行くの？　ふたりは、付き合ってるの？」

「どうだっていいだろ、そんなこと」

「よくないよぉ、あたしも草太とデートがしたいんだもん。一時間半もかけて来たんだよ？　それくらいしてくれてもいいんじゃない？」

朱里ちゃんと草太は、もちろんだけど約束していたわけじゃなくて、一方的に朱里ちゃんが待ち伏せしていた。

「勝手に来といてよく言うよ」

「ひ、ひどい。会いたかったって言ってるのに……」

次第に朱里ちゃんは涙目になった。口をへの字に結んで、たちまち大きな瞳に涙がたまっていく。

そんな仕草も、なんてかわいいんだろう。

「なに、言ってんだよ。意味わかんねーから」

「とりあえず、話がしたいの……それも、ダメなの？　草太君は、あたしのことなんて嫌いになっちゃった？」

なにを言ってるの、朱里ちゃんは。

わけがわからないよ。

これじゃあまるで、草太のことが好きみたいじゃん。

いや、ここまで来るくらいだもん。

好き……なのか？

そう、だよね。

あ、あれ……。

なんだか、すごく胸が苦しい。

「嫌いになるもなにも、いきなりすぎてビックリしてる」

「そ、そう、だよね。いきなり来ちゃったもんね。でも、話くらいは聞いてくれてもいいよね？」

朱里ちゃんは、なんというか強引だ。そしてすごく積極的。

「でも、俺……」

さすがの草太も積極的な朱里ちゃんにタジタジで、どうすればいいのかわからないんだろう。

校門に三人でいる私たちはとても目立つらしく、さっきから通り過ぎていく人にジロジロと見られている。

面白おかしくウワサ話をされるのも嫌だし、とりあえずここはいったん離れたほうがよさそうだ。

「亜子ちゃん、お願い、草太君と話をさせてくれないかな？」

「え、あ、え、と」

いきなり判断を委ねられて驚いた。本音を言うとすごくモヤモヤするけど、でも、嫌だとは言えない。

「う、うん……朱里ちゃんがそう言うなら……」

「やった！　ありがとう、亜子ちゃん！」

「い、いえいえ」

「そうと決まれば、さっそく移動しよう。ジロジロ見られて、居心地が悪かったんだよね」

「マジで、いいの？」

草太が私に言った。

「う、うん。いいよ話すだけでしょ？　戻ってくるよね？」

「当たり前だろ。ごめん、じゃあちょっと行ってくる」

「そうだよー、早く行こ、草太君」

そう言いながら朱里ちゃんは草太の腕を引っぱって歩いていく。

意外と大胆な朱里ちゃんに不安がつのる。

いいとは言ったものの、もし、告白なんだとしたら……どうしよう。

「離せよ」

「えー、いいじゃん。照れ屋さんだなぁ」

「よくねーから！」

遠ざかっていくふたりのうしろ姿を見ながら、手で左胸をギュッと押さえた。

やだ、嫌だよ。

行かないで、草太。

私、朱里ちゃんに勝てる自信なんてひとつもない。

もしかしたら、草太は朱里ちゃんを選ぶんじゃないかって気が気じゃなかった。

ひとりトボトボと学校のそばの公園に向かう。

吹きつける風は冷たくて、それがさらに不安を大きくしている。

「はぁ……」

なんでこんなに落ち込んでるんだろう。

どうして『いいよ』なんて言っちゃったんだろう。

でも、さっきの場では認めざるを得なかった。

だって話すなとは言えないし、ダメだって言う権利なんて私にはない。

ただすごく気になる。

どんな話をしてるんだろう。

積極的な朱里ちゃんのことだから、草太にベタベタしてたらやだな……。

「あれ、亜子？」

「え、あ、太陽」

なんでこんな時に限って会っちゃうんだろう。

「ひとり？　なにやってんだ？」

太陽はニコニコしながら、私のもとへとやってくる。

「人を待ってるの」

「人って？」

キョトン顔をする太陽から目をそらして、うつむく。

「あ、もしかして、本田？」

「ええっ？」

な、なんで、わかったの？

「お、図星？　わかりやすっ！」

「う、うるさいなぁ」

太陽はケラケラと笑っている。

「なんか今日の亜子は暗いな。どうしたんだよ？　俺が話聞いてやろうか？」

「遠慮しとく」

「なんでだよ？　本田って案外硬派だし、進展に行きづまってる感じ？」

「な、なに言ってんの。太陽の頭のなかは、そんなことしかないわけ？」

「そりゃあ、まぁ、俺も男だから。今、めっちゃ好きな子がいてさー。素朴な感じの子なんだけど、いちいちなんでも恥ずかしがってかわいいんだよ」

「なに、いきなり」

太陽がそんな話を振ってくるのは初めてだ。

「いや、なんとなく。ノロケたくなった。でも、付き合ってないから、まだなんもしてないけど」

「……ふーん」

なんとなく、太陽のそんな話は聞きたくない。

私は振り向いてもらえなかったから、よけいに。

「その子の、どこがよかったの？」

「えー、さぁ、なんだろ。雰囲気？　かな。純粋な感じの」

「もし、その子と付き合ったとして、ある日突然、その子の昔好きだった人が現れたらどうする？　しかも、相手はその子に未練があるってバレバレなの」

「は？　なんだそれ。ムカつく」

「その男の人から、ふたりきりで話がしたいって言われたら、許す？」

「俺だったら、嫌だけどな」

「じゃあ、許さない？」

「いや、うーん……ムズいな。嫌だけど、許しそうな気もするし、許さない気もする」

「…………」

「ちょっとでも気持ちが揺れうごくような状況になるのは避けたいし、なによりもやっぱり俺が嫌だから、許さない、かな」

「…………」

気持ちが揺れうごくような状況。

たしかに、太陽の言う通りかもしれない。

過去に好きだった女の子って、きっと特別な存在だと思うし、そう簡単に忘れられるわけないよね……。

「なんだよ、まさか、許したのか？」

「うっ……」

「だから今、そんなに落ち込んでんの？」

「わ、わかる？」

「ああ、バレバレ。バカだな、嫌ならはっきり言えばよかったのに」

「そ、そんなこと、言えるわけないよ」

「なに遠慮してんだよ。俺の時はガンガン言ってたくせに」

「そ、それは……」

「亜子のいいところは、遠慮なくズバッと言うところだと思う」

「なによ、今さらおだてたって、なにも出ないからね？」

「そういうんじゃねーって、ま、がんばれよ。傷つけたぶん、おまえには幸せになってほしいって思ってんだからな、俺は」

「あはは、調子いいことばっかり言っちゃって……」
「応援してっからな！」
太陽はグリグリと私の頭をなでて、ヒラヒラと手を振りながらこの場を去っていく。
どうしよう、草太の気持ちが朱里ちゃんに向いちゃったら……。
朱里ちゃんと比べて、私が選ばれる要素なんてどこにもない。
ああ、考えだしたら止まらなくてネガティブになっちゃう。
あれからどのくらい経ったんだろう。
二十分以上は経ったと思う。
それなのに、草太からの連絡は一切ない。
今なにやってるんだろう。
朱里ちゃんとどんな話をしているの。
気になるのに、連絡なんてできない臆病な私。
草太から電話があったのは、さらに十分ぐらい経ってからだった。
『ごめん！　今どこ？』
『学校の近くの公園だよ』

『すぐ行くから、待ってて！』

返事をする前に電話が切れて、プープーと虚しい音が響く。

草太を待ってる間、不安が大きくふくらんでもどかしかった。

「ごめん！」

「ううん、大丈夫だよ」

草太は私の隣に来ると、ゆっくりとベンチに腰を下ろす。

そして、こっちに視線を向けた。

「なんか、ごめんな」

眉を下げて心苦しそうな顔。きっと、朱里ちゃんとのことを申し訳なく思ってるんだろう。

「ううん、そんなことないよ！」

なんでもないよというように、私は大きく首を振った。

「朱里ちゃん、大丈夫だった？」

「あー、うん……まぁ」

草太は歯切れ悪く言い、はぁとため息を吐いた。

なにか考え込むようなとても深刻な顔をしているから、どんな話をしたのかとても気になる。

聞いてもいいかな？

でも、詮索《せんさく》されたくない人もいるだろうし……。

でもでも、聞くのは彼女の特権だよね？

だって……不安なんだもん。

今この瞬間にも、草太の気持ちが朱里ちゃんに向いてるんじゃないかって。

あれだけ強引だったから、ちょっとくらい気持ちが揺れていても不思議じゃない。

疑うわけじゃない。

もちろん、信じてだっている。

でも自分に自信がなさすぎて、ちょっとしたことですぐに不安になる。

「なんか腹減らない？」

「え？」

「俺、腹減ったかも」

腹、減った？

こんな時に？
しかも、朱里ちゃんのことなんてなかったように、あっけらかんとしている。
「なんか食いにいこっ。待たせたおわびに、おごるから」
「え、あ、え」
とまどっていると、ギュッと手を握られた。
そしてベンチから立ちあがらされ、強引に歩かされる。
朱里ちゃんのこと、気になるのに聞けるような感じじゃなくなってしまった。
ど、どうしよう……。
繋がれた手が、とても照れくさい。草太の手は大きくて、温かくて。
横顔だってキリッとしてるし、背だって高いし、イケメンだし。
こんな完璧な人が、私を好きだなんて今さらだけど本当に信じられないよ。
手を繋ぐという行為に緊張して身体の動きがぎこちなくなる。
草太は平然としているし、もしかしたら慣れているのかも……。
そういえば、朱里ちゃん以外に好きになった子っているのかな。
彼女とかいたことある？

勝手にいないと思い込んでいたけど、モテるし、本当のところはどうなんだろう。

「この店とか、どう?」

「へっ!?」

素《す》っ頓狂《とんきょう》な声を出した私に、草太は小さくふき出した。

「ここ、スイーツがうまいらしいよ」

そう言われてお店の外観に目をやると、そこは駅の目の前にあるウッド調のかわいらしいカフェだった。

表にはメニューが置かれていて、ズラリと並ぶパンケーキメニュー。どうやらここはパンケーキが売りのようだ。

ページをめくっていくとパスタやドリアなどの軽食もあって、スイーツが食べたい人も、甘いものが苦手な人も入れそうなお店。

「うん、いいね。ここにしよう」

朱里ちゃんに会わなかったら、かわいらしいカフェにテンションが上がって、きっともっと心が弾んでドキドキしていたと思う。

なんだかモヤモヤしたまま、メニューを前にしてもテンションが上がらない。

「どれにする？」

「えーっと……うーん、これ」

「どれ？」

「モンブラン風クリームと生クリームたっぷりフワフワモフモフしっとりなめらかパンケーキのたっぷりマロン乗せ！」

「はは、すげーネーミングだな。つーか、めっちゃ甘そう」

うへーとあからさまに顔をしかめる草太。

やっぱり甘いものが苦手らしい。

「亜子っぽくてかわいいな、そのパンケーキ」

「うぇ!?」

パンケーキが私っぽくて、か、かわいい……？

「そ、それは、おいしそうって意味？」

「うん、すごく」

「……っ！」

なんてテーブルに肘をつきながら、首をかたむけてそんなことを言うのはやめてほしい。

ううっ。

お、おいしそうって、パンケーキのことだよね……？

「あ、すみません」

店員さんが通りかかり、草太がスマートに呼び止めた。

「注文いいっすか？　トマトクリームパスタセットがひとつと、あとは……モンブラン風クリームと生クリームたっぷりのフワフワ……？　えーっと……モ、モ、モフモヒュ……し、しっとりなめらかパンケーキのしっかりマロン乗せをお願いします」

パンケーキを注文する時だけなぜか小声になる草太。

途中で噛んでいたり、照れくさそうに赤くなっている姿が面白くて、つい笑ってしまった。

「かしこまりました、それではご注文を繰り返させていただきます。トマトクリームパスタセットがおひとつ、モンブラン風クリームと生クリームたっぷりフワフワモフモフしっとりなめらかパンケーキのたっぷりマロン乗せがおひとつ。以上でよろしいでしょうか？」

「は、はい……」

店員さんが去ったあと、思わず我慢ができなくなった。

「あはは」

「笑うなよ。それにしても、モフモフって……人生で初めて言った単語だと思う」

「その割にはモフモヒュって……笑いこらえるの必死だった」

「うっ……も、もう言わねーからな」

すねたように私を見つめる草太の顔はほんのり赤い。

「だいたい、そんなネーミングのパンケーキおかしいだろ……」

ブツブツ言いながらふてくされる姿は、なんだかかわいい。

笑いが止まらず、クスクス笑っていると。

「あー、もう。いいかげん笑うのやめろ。でも、ちょっと安心したかな」

「え？」

今度は優しく微笑まれて、私はついキョトン顔。

「なんだか元気ないなって思ってたから。つーか、俺のせいだよな？　朱里のことは、心配しないで。マジでなんもないから」

「……っ」

さすが草太というべきなのか、どうやら見抜かれていたらしい。

私、そんなに態度に出てたんだ……。

「嫌な思いさせて、ごめん」

私の不安を取りのぞいてくれようとする草太の言葉に、ジワジワと胸に安心感が広がっていく。

「ううん、大丈夫だよ」

不安がないかと言ったらウソになるけど、それでも私は草太の言葉を信じたい。

いつでもまっすぐにぶつかってきてくれた、草太の言葉を。

疑うよりもまずは、信じたい。

暗転

だけど――。

そんな私の決心を揺るがすかのように、なぜか朱里ちゃんは放課後になると、毎日校門前に現れた。

「うわ、また今日もいるよ」

私の隣を歩いていた咲希が、あからさまに嫌な顔をする。

ほんとだ……。

朱里ちゃんは両手でかわいくカバンを握って、壁に背中を預けるようにして立っている。

きっと今日も草太の部活が終わるのを待っているんだろう。

「なんで毎日毎日……亜子という彼女がいるのに、ホントなんなの？」

「………」

ご立腹《りっぷく》気味の咲希の隣で、なんだかモヤモヤしている私。

「彼女として、なにか言ったほうがいいよ！　じゃなきゃ、ずっと来そう」

「う……」

「負けちゃダメだって、ほっとくと大変なことになるかもよ？」

「た、大変なことって？」

「本田君に限ってはないと思いたいけど、心変わりしちゃうとかさ。ほら、男子って案外、単純な生き物じゃない？」

「うっ」

咲希の言うことはとってもよくわかる。

でも、だけど、なにをどう言えばいいの？

邪魔しないでとか？

でも、そんなこと私に言う権利なんてあるのかな。

それに、この前草太は心配しないでって言ってくれた。

「私は、草太のことを信じてるもんっ」

ちょっとはモヤモヤするけど、信じたい、草太のこと。

「まぁ、亜子がそう言うならいいけどさ」

「うん、いいのっ！」

なかばムリやり自分に言い聞かせた。

なにか悪いことをしたわけでもないのに、朱里ちゃんと顔を合わせるのが気まずくて、うつむきながら前を通り過ぎる。

「亜子ちゃん！」

「え？」

顔を上げると笑顔の朱里ちゃんと目が合い呆然とする。

「バイバイ！」

「え、あ、え……」

「あはは、ボーッとしすぎだよ？　バイバイ」

かわいく手を振る姿にとまどう。

朱里ちゃんはどういうつもりで私に手を振っているんだろう。

いろいろとわけがわからなくて、でもやっぱり、朱里ちゃんはかわいくて。

なんだかちょっと落ち込んでしまう。

きっと草太のことが好きなんだよね……。

草太も……こうやって毎日会いにこられて、ちょっとは気持ちが揺れたりしないのかな。

信じたいって思っても、気持ちはすぐにグラグラと揺れる。


その日の夜、私は思いきって草太に電話をした。

『もしもし、亜子?』

『うん、あ、いきなりごめんね?』

なんだか緊張してドキドキする。

『用事があるわけじゃないんだけど……』

『うん、いいよ』

草太の優しい声が聞こえてきた。

『あ、あのね、朱里ちゃん……今日も草太のこと待ってたんでしょ?』

すごく、気になる。

どんな話をしたんだろう。

いつまで一緒にいたんだろう。
草太は、朱里ちゃんのことをどう思っているんだろう。
『あー……な。迷惑だって言ってるんだけど、しつこくて。正直、俺もまいってる』
『……そっか』
やっぱり朱里ちゃんは草太のことが好きなんだ。
好きになったらまっすぐにその人を追いかける。
まるで、昔の私みたい。
『とにかく、亜子はなにも心配しなくていいからな?』
『あ、うん。それと——』
私のこと、どう思ってる?
ほんとはそこが、一番引っかかってるところなのかもしれない。
だけど、草太と相対すると言葉が詰まって出てこない。
『どうした?』
『あ、ううん、やっぱりなんでもない! じゃあ、おやすみ、バイバイ!』
『あ、おう。おやすみ、また明日な』

電話を切ったあと、大の字でベッドの上に寝そべった。
なにも心配いらない。
それはたぶん、やましいことがないからそう言うんだろう。
だけど。
モヤモヤはいつまでも消えなくて、それどころかどんどん大きくなっていく。
私はただ、草太の気持ちが知りたい。
そして、安心させてほしい。
私のこと、好きなんだよね……?
ダメだ、太陽の時のことがフラッシュバックして、ツラさを思い出してしまう。
草太もいつか太陽みたいに、ほかの子に目を向けちゃうんじゃないか……。
それが昔好きだった人なら、なおのこと。
「あー……っ、どう、しよう……」
そうは言っても、どうにもならないんだけど。
思ったより、太陽のことが深い傷になっているのかも……。
浮気現場を目撃した時は、心が凍りつくほどなにも考えられなくなったもんなぁ。

ツラかった、苦しかった、立ちなおるのに、すごく時間がかかった。

もし、草太に裏切られるようなことがあったら……。

今度こそ立ちなおれないかもしれない。

好きになるとどんどんハマり込んで、その人のことしか見えなくなる。

こんな自分は嫌なのに、ほかになにも考えられない。

そして、とたんに好かれてる自信がなくなる。

それからも朱里ちゃんはやってきて、皮肉なことになぜか草太の彼女だとみんなから認識されるようになった。

あれから毎日のように、モヤモヤモヤモヤモヤ……。

「はぁ……ダメだ」

こんな時は、ちょっと外をウロウロしよう。

上着を羽織って外に出ると、夜空には満月が浮かんでいた。

マンションからエントランスを抜けて、駅のほうへと歩いていく。

「おーい、亜子ちゃーん！」

繁華街にたどりつくと、遠くからこっちに誰かが手を振っているのがわかった。

目を凝《こ》らしてよく見ると、そこにいたのは結愛ちゃんだった。

その隣には男の人がいて、直感で彼氏だということがわかった。

「結愛ちゃん、久しぶり！」

「ほんと、夏休み以来だよね」

「うん！」

結愛ちゃんは相変わらず綺麗で美人で、隣にいる彼氏は優しそうなゆるふわパーマのイケメン男子。

「あ、紹介するね。あたしの彼氏の長谷川大翔《はせがわひろと》だよ。大翔って呼んであげて」

「よろしく、えっと、亜子ちゃん？」

軽く会釈《えしゃく》されたので、私もペコリと返す。

「よろしくね、大翔君」

美男美女のふたりは、並んで歩いているととても目立つ。

そして、すごくお似合いだ。

「それより、亜子ちゃんはなにしてるの？」

「え？　あ、えーっと……ちょっとモヤモヤしてるから、気晴らしに散歩だよ」

繁華街のなかは夜だというのにとても明るくてにぎやか。酔っ払いのおじさんや、社会人の姿が多くなる時間帯だ。

「あたしでよければ、話聞くよ?」

「え、デート中でしょ? 邪魔しちゃ悪いから」

「いーのいーの、大翔といてもゲーセンか、カラオケだもん」

「い、いいの?」

私は大翔君をチラ見した。

すると大翔君はにっこり笑って「いいよ」と一言。

「よし、じゃあ行こっか、亜子ちゃん」

「うん!」

「ちょっと待って、大翔は呼んでない」

当然のごとく一緒に歩く大翔君に、結愛ちゃんは冷静に言った。

「こんな時間に女子ふたりで歩くなんて、俺は許さない」

「だ、大丈夫だよ、なに言ってんの」

「ダメ。俺も行く。いいよね? 亜子ちゃん」

「うん、私はべつにいいよ」

「もう、大翔ったら」

プンプンしながらも、結愛ちゃんはなんだかうれしそうで、改めてラブラブなふたりを見てうらやましくなる。

なんだかお互いがお互いを大事にしてるって感じる。

……いいな。

私も、ふたりみたいな関係になりたい。

だけど草太の気持ちがどこにあるかがわからないから、不安でたまらない。

繁華街のなかのハンバーガーショップで、私はふたりに今のツラい気持ちを打ちあけた。

「ちょっと、なにその女ー！　ありえないんだけどっ！」

結愛ちゃんはいつだって私のために怒ってくれる優しい友達。

ううっ、優しさが身に染みるよ。

「どうしてガツンと言ってやらないの？」

「なんだか、言えなくて……それに、言っていいのかもわからないし。そんなこと言って、草太に嫌われたくもない……っ」

ツラくて涙があふれた。

ずっとずっとため込んでいた自分の気持ち。

「私、草太に好かれてる自信がない……」

付き合う前は強引だったのに、付き合ってからの草太はあまり恥ずかしいことを言わなくなった。

一緒にいて優しいけど、それは誰に対しても同じだし……。

私だけ特別って感じはまったくない。

だから、よけいに不安なんだ。

「亜子ちゃん……」

「ううっ……っ」

「あたしは亜子ちゃんの味方だよ」

結愛ちゃんがギュッと抱きしめてくれた。

「ゆ、ゆ、め、ちゃん……っ」

涙が止まらなくてしばらく泣き続けた。なんだか結愛ちゃんの前では泣いてばかりいる気がする。

ふたりは黙って私の涙をそっと受けいれてくれた。


次の日。

わ、まただ。

今日も朱里ちゃんがいる。

ズキンと胸が痛んだ。

草太は心配するなって言うけど、三週間近く、こうも毎日来られたら、そうはいかない。

疑いたくないのに、疑ってしまう私がいる。

こんな自分は嫌だ。

「あ、あの」

勇気を振りしぼって朱里ちゃんに声をかけた。

朱里ちゃんは私を見て、花が咲いたようなパアッと明るい表情を浮かべる。

仮に朱里ちゃんが草太を好きだとしたら、どうしてこんなふうに私に向かって笑えるんだろう。

「草太を待ってるの？」

「うん、そうだよ」

「……っ」

ニッコリしながらさも当然のように言われてしまい、拍子抜けしてしまう。

「そ、草太は私と付き合ってるんだよ？　それなのに……」

「だから、なに？」

「え……」

だから、なにって……なに？

ポカンとしていると、朱里ちゃんは笑顔のまま言葉を続ける。

「付き合ってるっていっても、明日には別れてるかもしれないじゃん。未来のことなんて、誰にもわからないんだし。それに、草太君って昔はあたしのことが好きだったんだよ？」

「……っ」

「告白されたけど、ふっちゃったんだ。昔好きだったなら、もう一度好きになってもらえるチャンスはあるわけじゃん？　ほら、初恋の相手ってなかなか忘れられないって聞くしね」

知らなかった。

草太が朱里ちゃんに告白してたなんて。

「それに亜子ちゃんとあたしって、なんとなく似てるよね。もしかして草太君が亜子ちゃんを好きになったのは、あたしの代わりだったりしてー！」

胸にドンッと大きな衝撃がやってきた。

明るく笑う朱里ちゃんを直視できない。

心がどんどん沈んでいき、黒い渦《うず》のなかに飲みこまれる。

「亜子ちゃんだって本気で草太君のことが好きなら、あたしに邪魔されないような努力をしようとするはずだよね？」

「それ、は……」

「でも、なにもせずにただ帰っていくだけ。本気で草太君のことが好きだとは思えないよ？」

たしかに……その通りだ。

私はただなにもせずに、朱里ちゃんのことを見て見ぬフリ。

それで勝手に不安になって、草太のことを信じられなくなっている。

不安にさせないで。

朱里ちゃんのこと、どうにかしてよって。

そんなことばかり考えて、自分じゃなにも行動しなかった。

「最初はうっとうしそうだった草太君も、今じゃ一緒に帰ってくれるようにまでなったんだよ？　これって進歩だと思わない？」

草太と朱里ちゃんが仲よく一緒に帰ってる姿を想像するだけで、胸がギュッと締めつけられた。

「亜子ちゃんからあたしに心変わりする日も近いかもね？」

不意に涙があふれてきて、その場から逃げるように立ちさる。

うしろにいる朱里ちゃんにじっと見つめられている気がして、駆け足になった。

ムカつく。

どうしてここまで言われなきゃいけないの。

だいたい、草太も草太だよ。

なんで一緒に帰ってんの?
心配しないでって言ったのはウソだったんだ?

俺は一番にはなれない～草太side～

お昼休み、前の席に座る亜子の肩を叩いた。

「どうしたの……？」

ぎこちなく振り返って、亜子は小さく首をかしげる。

「なんだか元気なくない？」

「そんなことないよ」

そう言った亜子の顔はこわばっていて、明らかになにかあるってバレバレだ。

それなのに無理して笑顔を作って口角を上げている。

「なんかあるだろ？」

問いつめると、亜子はバツが悪そうに俺から視線を外した。

「なんだか……もう、自信がない」

「え……？」

自信が、ない？

「草太といると苦しいの。だから、ごめん……」

「え？　は？」

「とにかく、ごめん」

いやいや、待て待て。

突然そんなことを言われても意味がわからない。

もっと順序立てて話してくれないと、理解することなんてできない。

ごめんって、なにが？

俺といると苦しいって、なんで？

よっぽどわけがわからないと言いたげな顔をしてたんだろう。

亜子が言いにくそうに口を開いた。

「ちょっと、距離置きたい……」

「え？」

距離を置く？

フリーズしかかっている頭で、それを理解するのに数十秒かかった。

「俺、なんかした？」

「違う。そういうんじゃなくて……私の問題だから、ごめんね」

いやいやいやいや。

それ、よけいにわかんねーから。

「とにかくごめんっ」

亜子は勢いよく椅子から立ちあがると、バタバタと足早に教室を出ていく。

亜子の目が潤んでいたような気がするのは、気のせいだろうか？

なんなんだよ、いきなり。

ちゃんとした理由も聞かずに、納得できるわけねーじゃん。

立ちあがり、教室を出て亜子のあとを追いかけた。

だけどすでに姿はなくて、どこに行ったのかはわからない。

教室を出ていくのが見えたから、階段のほうだとは思う。

くそっ。

どこに行ったんだよ。

「あ、おい。拓也！」

「おー、なんだよ、草太」

偶然すれ違った拓也は、ほかのクラスのダチに囲まれて笑っている。

「亜子見なかったか？」

「あー、なんか階段を上にのぼっていったけど」

「そっか、サンキュ」

人をかき分けて階段を駆けあがる。

こんなに必死になって追いかけるほど、俺には亜子しか見えない。

付き合ってから確実に気持ちは大きくなっている。

この頃毎日のように朱里が俺を待ち伏せしてるけど、なにを言ってもめげないから、正直マジで困ってる。

置いて帰ろうとすると――

『こんな真っ暗なのに、女の子をひとりで置き去りにするの？』

『帰りにあたしになにかあったら、草太君のせいだから』

そんなことを言われて放っておけるほど、俺は薄情《はくじょう》じゃない。

なかば脅されながら、駅までの道のりを一緒に帰っている毎日。

朱里は俺に用事があるわけでも、話があるわけでもなく、いまいちなにをしにきてるのかはわからない。

学校であったくだらないことを話しながら、一緒に帰る日々。

朱里のことは嫌いじゃないけど、中学生の時に比べたら扱いにくくなったと思う。

否定することを言ったらすぐ涙目になるし、やたらとベタベタしてこようとする。

ぞんざいに扱うとすぐに怒って文句を言うし、一緒にいてすごく疲れる。

昔はこんなヤツじゃなかったのに、引っ越してから変わってしまった。

いや、でも、昔からこんなヤツだったのかもしれない。

ただ、俺が見えてなかっただけで、朱里は何ひとつ変わってないのかも。

うんざりした気持ちになりながら、階段を上がる。

全力疾走しているせいか、屋上のドアの前まで来た時には息が上がっていた。

「ふぅ……」

呼吸を整え、屋上のドアに手をかける。

ギィと重い音を立てながら開くドア。

思えばここに来るのは初めてかもしれない。

もうすっかり冷たくなった風がビューッと吹きぬけた。

「ううっ……ツライ、よ」

「泣くなよ、マジで。な？」

風に乗って聞こえてきた声に足が止まる。

これは亜子の声だ。

もうひとりは男の声。

壁に背をつけて、まるで刑事《けいじ》や探偵《たんてい》みたいに、こっそり声がするほうを覗きみる。

すると、そこには顔をおおって泣く亜子と、困ったような表情を浮かべる三上が立っていた。

「ううっ……す、好きなんだよ、太陽……」

「いやいや、俺に言われても……それは、どうしようもないというか」

「わ、わかってる……けど。でも……っ」

なんでコイツらが一緒にいるんだよ？

しかも、三上のことが好きだって……。

なんなんだよ、それ。

わけ、わかんねーよ……。
『私の問題だから』って、こういうこと……?
三上のことが好きだから、俺と距離を置きたいって……。
「ほら、もう泣きやめよ。俺、おまえの涙に弱いんだって」
「ご、ごべん……」
鼻をすすりながら、亜子は涙をぬぐっている。
それをなだめるように、三上が優しく頭を撫でた。
とたんにわきあがる焦燥感。
胸のなかに突きあがるようにして、一瞬でカッと熱くなった。
なに、さわらせてんだよ……。
おまえも、なにさわってんだよ。
イライラして冷静でいられなくなり、握りしめた拳が怒りで震えた。
目の前のふたりはお似合いで、なんだかすごく絵になってる。
俺といる時よりも……。
チクッと胸が痛んで、ふたりから目をそらした。

これ以上見ていたくない。

現実を知りたくない。

俺を好きだと言ってくれたのは、ウソだったのか……？

ふたりの姿を見ていたら、今まで築きあげてきたものが一瞬で崩れさっていくような、そんな感覚がした。

俺がいくら亜子を好きでも、亜子の気持ちは一瞬で三上に……。

だったら、俺と亜子の関係はなんだったんだよ……っ。

俺は結局、亜子の一番にはなれなかった。

そういうことなんだろう。

必死でやってきたのに、一瞬でくつがえされた気分だ。

もう……わかんねーよ、なにもかも。

亜子の気持ちも、なにを考えているのかも。

いや、亜子の気持ちはわかってる。

三上のことが好きなんだよな……。

誰かと付き合うなんて初めてだったから、大事にできていたかどうかなんてわからない。

だけど、大事にしていたつもりだった。

不安にさせないように、毎日メッセージのやり取りだってしてたし、時間があれば電話だって。

付き合ってからは、好きだとか、甘いセリフは、照れくさくてなかなか言えなかったけど、態度で示していたつもりだった。

それなのに、俺のなにがダメだったんだ？

考えたって、わかんねーよ。

「そろそろ昼休みが終わるんじゃね？」

「そ、そうだね……戻りたく、ないな」

戻りたくない……。

俺に会いたくないってことかよ？

それとも、三上ともっと一緒にいたいとか？

俺はその場からそっと立ちさり教室に戻った。

「亜子ちゃんと会えたのか？」

教室に戻ると拓也が話しかけてきた。
「関係ないだろ」
「なんだよ、ご機嫌ななめかよ」
ガラにもなく、俺は傷ついている。
拓也の言葉をさえぎって、机に突っ伏した。
距離を置くってことは、別れるのと同じようなもんだよな……。
亜子が三上を好きな以上は、このまま一緒にいてもツラいだけだ。
それでもいいって思ってた。
少しでも俺を好きになる可能性があるかもしれないなら、なんだっていいって。
でも今はツラすぎるから、そんなことはどうやったって言えない。
いいかげんあきらめるためのいい機会なのかもしれない。
だけど、こんなに胸が痛くて苦しいのに、忘れることなんてできるのかよ。
カタンと椅子が引かれる音がして、全身に緊張感が走る。
チラッと顔を上げると、目の前に亜子のうしろ姿があった。
もう話しかけないほうがいいよな。

また『ごめん』とか言われても嫌だし、なにより三上とのことを亜子の口から聞きたくない。

「亜子ちゃんとケンカでもしたの？」

ある日の放課後、朱里と帰るのが日課のようになった時。

突然そんなことを聞かれた。

「は？　なんで？」

最強に機嫌が悪かった俺は、朱里に冷たい目を向ける。

もうなんだか、全部がどうでもいい。

亜子とはあれから一言も話してないし、必要な時以外は俺のほうを振り向くこともない。

完全に終わったんだと、無言で告げられているようなもんだ。

「あれ？　なんだかほんと機嫌悪いね。もしや、図星だったりして？」

「だったら、なんなんだよ？」

イライラしてつい大きな声が出た。

すると、今まで強気だった朱里の顔が一瞬でこわばったのがわかった。

「そ、そんな言いかたしなくてもいいじゃん」

「わり」

これはただの八つ当たりで、朱里にはなんの関係もないことだ。

それなのにイライラをぶつけてしまった。

なにやってんだ、俺は。

ここ最近、亜子のことでずっとイライラしてるのが自分でもよくわかる。

「じゃあ、ここで。それとさ、もう今日で最後にしてくんない？」

駅に着き、俺は朱里の目をまっすぐに見つめる。

「俺、そこまで朱里と仲よくしたいわけじゃないし。正直、ふられた時に言われたことで、かなり傷ついたんだよな。だからさ、もうやめてほしい」

「な、なんで……そんなこと、言うの？」

朱里の大きな目に、みるみる涙がたまっていく。

罪悪感がないと言えばウソになる。でも、正直迷惑でしかないから、はっきり伝えたほうがいい。

「あたし、あたしは……草太君のことがっ、好き、なんだよ」

はっきりと告白されたのはこれが初めてで、もしかしたらそうなのかもって予想はしてた。

でもさ、朱里に好きだと言われても、心になにひとつ響かない。

ドキッともしない。

ぶっちゃけ、久しぶりに会って、この短期間で俺を好きになったということが不思議でならない。

離れてた間も、連絡を取ったり、会ったりしていたわけじゃないのに、なんでいきなり。

だけどあの時、朱里にふられてよかったと思ってる。

そうじゃなきゃ、亜子と出逢えなかった。

今、俺が心からほしいのは、亜子だけだ。

「ごめん。朱里の気持ちには応えられない」

「……っ」

静かに涙を流す朱里に、同情する気持ちすら起きない。

俺はこんなに冷たい人間だったのかとビックリする。

「なんで……？　前は、あたしのことが好きだって……」

「それは昔の話だろ。今はもう、朱里には一ミリも気持ちはない」

はっきりそう伝えると、朱里は唇をとがらせてあからさまに不機嫌になった。

「そ、草太君の、バカッ！　ふんっ、もう知らないっ！　声かけたのだって、昔と違って背が高くなって顔もカッコよくなってたからだしっ！　本当に好きっていうのと違うからね！　勘違いしないでよね！」

プンプンと怒りながら、朱里は背を向けて去っていく。

なんなんだよ、朱里のヤツ。

突然、逆ギレして帰っていきやがった。

俺の魅力は、外見だけかよっ。

若干呆れつつも、踵《きびす》を返して歩きだす。

夜空を見上げながら、浮かんできたのは亜子の顔だった。

第五章

伝えたい想い

「はぁ」

毎日毎日、ため息の連続。

草太と話さなくなってから二週間が経った。

十月も後半に入って、厳しい寒さが本格的にやってこようとしている。

草太と話さなくなってから数日が経った頃、朱里ちゃんがパッタリと姿を見せなくなった。

あんなに自信たっぷりに豪語してたのに、毎日来てた人がいきなりとなると、ちょっと気がかりだ。

草太がなにか言ったのかな。

それとも朱里ちゃんが自主的に？

聞きたいのに、聞けない。

草太の気持ちがわからなくて、距離を置きたいなんて言いだした私が、草太にそんなことを聞く権利は、きっとない。

耐えられなかったんだ、朱里ちゃんの存在に。

一緒に帰ってるって聞いて、草太の気持ちがわからなくなった。

好かれてる自信がなくなった。

このまま一緒にいても、ツラいだけだと思ったから、自分から手放した。

それなのに……。

今ではすごく後悔している。

バカ、だよね。

後悔するくらいなら、あんなこと言わなきゃよかったのに。

「あ、あの、本田君のこと、ずっといいなって思ってて……！　あたしでよければ、付き合ってくださいっ！」

放課後、オレンジ色に染まる教室の前で、ドアに手をかけたまま動けなくなった。

いったん家に帰ったものの、教科書を机の中に忘れたことにさっき気づいて、引き返してきた。

いつもなら戻ってきたりしないのに、来週からテストが始まるので仕方ない。

それより、本田君って言った……?

うちのクラスで、誰かが草太に告白してる。

緊張感が一気に襲ってきて、身動きができなくなってしまった。

バクバクと心臓が早鐘を打つ。

秋だというのに動揺してか、汗が吹きだしてくる。

「ごめん、俺……きみとは」

「い、一週間だけでいいの！　お試しで付き合ってもらうっていうのは、ダメかな?

そこで少しでもあたしのこと知ってほしい……お願いしますっ！」

「でも、俺」

「お願いします！　一週間だけ！」

「………」

「へ、返事は今日じゃなくても大丈夫なんで。ど、土曜日と日曜日にじっくり考えて
月曜日に聞かせてくださいっ！　じゃあ！」

女の子はそれだけ言うと、パタパタと足早に教室を出ようとする。

や、やばい。
こっちに、来る？
そう思ったけど、女の子は私がいるほうとは違った教室の前方のドアから出ていった。
走りさる時に見えたその横顔は、恥ずかしさのせいでまっ赤だった。
……相変わらずモテるんだ。
あの子と一週間だけ付き合うのかな……。
そんなの、嫌だよ。
キリッと胸が痛んで、思わず手で押さえる。
忘れ物を取りにきたのに、教室の中に草太がいると思うと入れなくて……。
そうこうしているうちに、目の前のドアがいきなり開いた。
「きゃあ」
「うわっ」
お互い目を見開いてビックリする。
心臓がドキドキしてるのは、こうして向かいあうのがすごく久しぶりだから。

「ご、ごめんね……」

「こっちこそ、ごめん」

草太は無表情でそう言い、すぐに視線だけを横にズラした。

まるで私の顔なんて見たくないというように。

「きょ、今日は部活ないんだ？」

「テスト前だから」

「そ、そっか……」

ぎこちない空気が流れる。ほかになにを話せばいいのか、わからない。

「じゃ、じゃあね……私、忘れ物を取りにきただけだからっ」

この空気に耐えきれなくて、開いたドアから教室へと足を踏みいれる。

草太はそんな私を見て、なにも言わずに昇降口のほうへと歩いていった。

草太の横顔は驚くほど無表情で冷たくて。

その背中からは、なんだか異様なオーラを感じた。

思わずゾクリとしてしまうほどで、まるで草太が知らない人のように思える。

私、もしかして、すごく嫌われてる？

キュッと身が縮こまる思いがして、教室の中へ身を隠した私は、背中をドアに預けていまだに鳴りやまない胸を手で強く押さえた。

痛いのかドキドキしてるのか、自分でもよくわからない。

なにをしているんだろう、私は。

好きな人を自分から手放したくせに、気になって仕方がなくて、勝手に傷ついたり、ドキドキしたり。

バカじゃないの。

バカ、だよね。

後悔するくらいなら、手放さなきゃよかったんだ。

それなのに、今になって、ほんとバカ。


土曜日になり、することもなく、ダラダラと部屋の中で過ごした。

宿題をしなきゃいけないのに、まったく手につかず、ベッドの中でうずくまる。

頭のなかにあるのは草太のことだけだ。

ジワッと涙が浮かんで枕に顔を押しつけた。

昨日からこんな感じで、草太のことを思い出しては涙が止まらない。
泣いたままどうやら寝てしまっていたようで、目を覚ますと午後三時をすぎていた。
外は秋晴れで天気がよく、どこかに出かけたくなるほど気温が高い。
まさに行楽日和っていうのかな。
身体がダルかったけど、なんとか起きあがり、パジャマから服に着がえる。
部屋を出て洗面所に行き顔を洗うと、少しだけスッキリした。
だけど鏡に映る冴えない顔には、どこか悲壮感が漂っている。
はぁ、ダメだなぁ、こんなんじゃ。
パンッと両手で頬を軽く叩いて活を入れる。
こんな暗い気分のまま勉強してたんじゃダメだ。
いったんリセットしに外に出よう。
カバンの中にお財布やスマホ、薄手の上着を詰めてマンションを出る。
するといつものように足は駅のほうへと向いた。
そして、バス停に着くと目的のバスが来るのをぼんやりしながら待った。
バスが来るのは十分後で、それほど人は待っていない。

前にここに来た時は、草太と一緒だったっけ。
あの時は夏休みだったから、かなり前のことになる。
懐かしいなぁ。
ぼんやりしていると、バスはすぐにやってきた。
バスに乗ってICカードをかざすと、一番うしろの席へと腰かける。
お客さんはたったの数人だけで、終点で降りたのは私だけ。
バスの運転手さんにお礼を言って降りると、山あいのせいか外はすごく肌寒かった。
カバンの中に入れた上着を取りだし、それを羽織る。
ううっ、もうちょっと分厚い上着にすればよかった。
さっきまですごく暖かかったから、よけいに温度差を感じる。
でもまぁ、仕方ないよね。
あきらめつつも、少し歩くと広場があって、そこからは綺麗な景色が一望できた。
「うわー、綺麗！」
夏に来た時とはまた違って、木々の葉が黄色や赤に色づきつつあった。
ザワザワと風で葉っぱが揺れる音に耳を澄ませる。

うーん、やっぱり自然っていいな。

エネルギーに満ちあふれているというか、パワーがもらえるような気がする。

近くのベンチに座ってぼんやりしながら景色を眺めた。

草太も、あれからここに来たのかな。

そういえば、そんな話はしたことないよね。

付き合いだしてから、嫌われないようにするのに必死で、どうやったら好きでい続けてもらえるかって、そんなことばかり考えていたような気がする。

自分の意見を我慢して、朱里ちゃんのことだって、本当は聞きたいのに聞けなくて、草太に対して怒りをぶつけることもできなかった。

それでいいんだと思っていたけど、違ったんじゃないかなって、今ならそう思える。

嫌われるかもしれないから、黙っていよう、我慢していよう、そうすればきっとうまくいく。

そう思い込んでいた。

だから私は、草太になにひとつ言いたいことを言えてない。

付き合う前のほうがズバズバなんでも言えてたし……楽しかった。

もう一度あの時のような関係に戻りたいけど、無理だよね。

「はぁ……」

忘れるしかないのかな。

このままあきらめられるのかな。

そもそも、草太は朱里ちゃんのことをどう思っているんだろう。

それを確かめるのが怖くて、私は逃げてしまった。

太陽のことが忘れられなくて傷ついていた時に、たくさん支えてくれたのに……私はなにをやってるんだろう……。

「あー……っバカ、だ」

そんなことを考えだしたら自己嫌悪に陥《おちい》って、どうしようもなくなる。

昔はこんなヤツじゃなかったじゃん。

もっと、もっと、もっと、強かった。

少なくともこんなにウジウジしてる自分は、いまだかつて見たことがない。

嫌だ嫌だ、こんな自分は。

自然のパワーが味方したのか、心の底からみなぎるように思いがわきあがってきた。

草太に会いたい。
今、私のなかにある思いは、たったそれだけ。
会ってなにを話すかなんて決めてないけど、とにかく会いたい。
会って素直になりたい。
伝えたい想いがあるから。
「よしっ！」
すっくと立ちあがり、バス停へと向かう。
バスで山を下りたら、そのまま草太に会いにいこう。
会ってもらえなくてもいいから、とにかく連絡だけでもする。
このままここでじっとしてたって、なにも解決しないんだもん。

初めてを全部きみに

ドキドキしながらスマホでメッセージを打った。

『話したいことがあるから、今から会えないかな？』

そう打っている途中で、バス停の時刻表を覗き込んだ。

「えーっと、今日は土曜日……」

土曜日の欄を見て、目を疑う。

「ウ、ウソでしょ」

そんなはずはないっ。

何度も何度も、穴が開くほどそこを見つめる。

だけど、バスの時間は土曜日だから早いのか、もう終了してしまっていた。

「ウソ、やだ、なんでっ」

やっぱり何度確認しても最終バスはもう出発してしまったあとで、当然だけど、時刻表の時間は変わらない。

「バスがないってことは……帰れないってこと？」

ここは駅からバスで四十分以上も離れているし、歩いて帰るにも、山道が怖すぎてとてもじゃないけど無理だ。

それに今から山道を歩くとなると、夜になっちゃうよ。

ううん、もしかすると夜中になるかも。

それに、道もわからない。

「ど、どうしよう……」

どうしたら、いいの。

お父さんは昨日から出張で、帰ってくるのは明日だし……。

ほかに頼れる人なんて、私にはいない。

せっかく決意を固めたのに、こんなことってないよ。

あまりにも動揺しすぎて、持っていたスマホを地面に落としてしまった。

「わっ」

カシャンと大きな音を立てたスマホをサッと手で拾いあげた時、メッセージを送った時に鳴る通知音が聞こえた。

「え、ま、待って……もしかして」

あわてて画面を確認すると、メッセージは送られてしまったあとだった。

「ど、どうしよう……」

会う約束をしたって、会えない……。

だって私は、山を下りられないんだから。

外はすでに薄暗くなっていて、さっきから吹きぬける風もとても冷たい。

このままここで一夜を過ごすの？

そんなの……絶対にやだよ。

動物とか出てきそうで怖い。

それに寒い。

途方に暮れてどうしようもなくなり、ジワリと涙が浮かんできた。

――ピコン。

そこへメッセージがきて、涙をふいて画面を見ると草太からだった。

「ううっ……」

いた。

草太の返信はスタンプのみ。画面には、両手を上にあげてマルを作っているクマがいた。

そ、草太……助けて。

「う……うぅっ……」

草太……。

不安で怖くて、わらにもすがる思いで震える指で画面をタップして電話をかける。

『もしもし……』

するとすぐに草太は電話に出た。

『う、ううっ……草太ぁ……た、助け、助けて』

草太の声を聞いたら涙がブワッと出てきた。

『え？　おい、亜子？　どうしたんだ？』

電話口でいきなり泣く私に、とまどっているような草太の声。

『今どこにいるんだよ？』

『ううっ……ひっく。そ、草太が前に教えて、くれたとこ……でも、バ、バスがなくて……帰れない、の』

そこまで言ってまた涙が出てきた。

『え、帰れないって？　マジかよ。なにやってんだよ』

『ううっ、ご、ごべん……私、私……っ』

涙でもはや、なにを言ってるのかわからない。

でも、止まらなかった。

『そ、草太のことが……好きぃ……今も……忘れられないの……っ。この、まま会えなくなるなんて、やだぁ……！　遭難《そうなん》して……死にたく、ない、よ……』

『お、おいおい。死ぬわけないだろ。なに言ってんだよ、大げさだな』

『だ、だって……っ』

寒さで鼻水が出てきた。指先がかじかんで、凍えそう。

『とにかくすぐに行くから、そこで待ってろよ！』

『ううっ……うわーん……っ』

草太、草太に会いたい。

会いたいよ。

このピンチの状況で、会いたいのは草太だけだ。

電話が切れてからも、しばらく涙は止まらなかったけど、少しするとだいぶ落ち着いてきた。

震えるほど寒くなってきて、どうしてこんなに薄着で来ちゃったんだろうと自分のバカさを呪いたくなる。

両手で腕をさすりながら、自分の息が白く立ちのぼって消える。

嗚咽《おえつ》を落ち着かせるように深呼吸を繰り返した。

とにかく草太にこんなみっともない姿は見せられない。

すぐ行くって言ってくれたけど……でも、ちょっと待って。

ここまでどうやって来るんだろう。

もうバスはないはずだ。

走ってくるとかも、当然無理だ。

だとすると、どうやって……？

しかも、私さっき、この寒さで死んじゃうんじゃないかと思って、とっさに草太になにを言った……？

「わー、きゃあ」

めちゃくちゃ恥ずかしいことを言った気がするよ。

どうしよう……合わせる顔がない。

どうしよう、どうしよう、どうしよう……。

考えたって、わからない。

でも、もうどうすることもできないんだ。

こうなったら、腹をくくるしかない。


一時間ほどすると、小さなライトが少しずつ近づいてきた。どうやら山道を登ってくる自転車のようだ。

もしかして……。

そう思ったと同時にその自転車を停めて、誰かが駆けてくる足音がする。

「亜子!」

「そ、草太……っ」

血相を変えた草太の姿が、目の前に現れた。

「おまえ、なにやってんだよっ」

「ご、ごめん、なさい……っ」

草太の顔を見たらまた涙が止まらなくなった。

思わず唇を結んで涙をこらえていると──。

草太が私の腕を掴んで力強く引っぱった。

「すっげー、心配したんだからな」

抱きしめられた腕のなか、草太の温もりにすごくホッとさせられた。

「うぅ……だって」

その胸に顔をうずめて、草太の背中に腕を回してぎゅっとしがみついた。

驚いたのか、草太の身体がピクッと動いた。でも、そんなことは気にせずに、ギュッと、ギューッと腕の力を強くする。

「ここに来れば、嫌なこと、全部忘れられるって思ったんだもん……っ」

「い、嫌なことって？」

「なんで距離を置こうなんて言っちゃったのかな……朱里ちゃんのことだって、嫌だったのに……どうして草太にちゃんと言わなかったのかな……草太は朱里ちゃんに気持ちが向いたりしてないかな……。なんでちゃんと朱里ちゃんに言わないの？　どうして毎日待ってるの？　なんで一緒に帰ってるの？　そう思って、ムカついて。でも、最後に、草太は、私のこと……どう思ってるんだろうって……」

今までため込んでいたものが一気にあふれだした。

「気になって気になって、聞きたかったのに……そんなこと聞いて、嫌われたらどうしようって……嫌われたくなくて……聞け、なかった……っ」

「は、なんだよ、それ」

「……っ」

「俺、そんなにハンパな気持ちじゃないって言ったよな？」

「い、言った、けど、それは、付き合う前のことだもん……付き合ってからは、全然言ってくれなかった」

「そ、それは……そうだけど。朱里のことだって、聞いてくれたらよかったのに」

「き、聞けないよ、もし、朱里ちゃんのこと好きだって草太に言われたら、ショックだもん……っ。前に好きだった人で、告白だってしたんでしょ……？　でも、ふられたんだよね……？　気持ちが移っちゃってもおかしくないでしょ……？」

「そんなこと聞かされてさ、俺がどう思ったかわかる？」

「え……？　わかんないよ、そんなの」

「めちゃくちゃかわいいとしか思えないから」

そう言ってさらに強く抱きしめられた。その声はなぜか、うれしそう。

「か、かわいくなんかないよ、醜いよ、嫉妬なんて」

「いやいや、やべーからマジで。ほんとかわいい。だって、今までは俺が妬いてばっかだったし」

次第にドキドキと心臓が高鳴りはじめる。

「三上がいる限り俺は亜子の一番にはなれないって思ってたから、単純にすげーうれしい」

「え、私、前に言ったよね？　太陽のことは、もう好きじゃないって……」

「まぁ、な」

抱きしめあいながらのこんな会話は、恥ずかしい以外のなにものでもない。

「でも、俺、亜子が過去にアイツと付き合って、そ、その、恋人らしいこと、どこまでしたんだろうって……やっぱ、気になって」

草太は大きく深呼吸をしてから話し続ける。

「俺と比べて三上のほうがいいのかなとか、俺、屋上でおまえが三上に泣きついてるとこ見たんだよ。その時、三上のことが好きだって言ってたよな?」

「み、見て、たの?」

ビックリして思わず草太の胸から顔を上げた。

見上げた先には、すねたように唇をとがらせる草太の顔があった。だけどその目はとても優しくて、熱い眼差しを向けられる。

ドキドキして落ち着かないのは、草太のことが大好きだから。

「あ、あれは、草太のことが好きだって太陽に言って泣いてたんだよ……」

「いや、ごめん。わかんねーわ。なんでアイツにそんなこと言うわけ?」

「私、あの時、草太の気持ちがわからなくて……すごくツラくて、たまたま太陽がいたから泣きついちゃった……」

「ふーん……」

さっきまでとは違って、冷たく低い声が聞こえた。明らかに怒っていることがわかって、ゴクリとツバを飲みこむ。

「で、優しくなぐさめてもらったんだ?」

「……っ」

「なぐさめてくれるなら、誰だってよかったんだ?」

「そ、そんなこと……」

「じゃあ、三上になぐさめられたかったんだ?」

「ちが、う」

「すっげームカつく」

そう言いながらギュッと腕の力を強めてくる草太は、すごくすごく矛盾している。

「ご、ごめんね……」

「許さない」

「どうしたら許してくれるの?」

「………」

「わ、私の初めてを全部草太にあげるって言ったら、許して、くれる?」

「なんだよ、初めてって」

フンと鼻で笑われた。

どうやら、許してくれる気はさらさらないらしい。

「手を繋いだのだって草太が初めてだし、キスだって、旅館でしたのが私のファーストキス……だったんだよ」

こんなのすごく恥ずかしくて、言っててまっ赤になった。あたりが暗くてほんとよかった。

「キスも、キス以上のことだって、太陽とは一度もしたことないよ……。全部……草太が初めて……今、こうやって抱きしめてるのも、そうだよ？」

「え、は、え……？」

草太は目を瞬かせて、信じられないと言いたげな顔をしている。

「私が経験豊富だなんて思ってたら、大間違いなんだからねっ」

最後はわざとらしく頬をふくらませた。そして、まっすぐに草太の目を見つめる。

「それでも、許してくれないの？」

「え、いや、ごめん……そんなの、最初から怒ってません……すねてただけです」

「ふふっ」

そのまま草太の顔を見つめながら、わざとらしく首をかたむける。

「私はね……そういうことをするなら、全部草太とがいいと思ってるよ……？」

「ば、バカ、亜子、なんてこと言ってんだっ」

明らかにテンパって動揺する草太がすごくかわいくて。

「ホントだよ？　草太以外の人と、そういうことはしたくないもんっ」

草太は照れくさそうに目を伏せた。

「私、草太のことが大好き……」

「も、もうやめて……マジで勘弁《かんべん》してよ。かわいすぎるから。俺をおかしくさせて、どうしたいんだよ？」

ジト目で見られて、おかしくて笑いがこみあげてきた。

「あはは」

「な、なに笑ってんだよ」

「草太がかわいくて」

「俺、かわいいって言われるの嫌い」

「私は好きだよ、かわいい草太も。っていうか、どんな草太も大好き」

「……っ」

「私、これからは遠慮なくズバズバ言うね」

「これ以上なにをズバズバ言うんだよ」

「草太が好きだってこと、もっと伝える」

「お、俺の心臓が持たない」

「あはは、ヤワだなぁ」

クスクス笑っていると、うしろからコホンと咳払《せきばら》いが聞こえた。

「あー、いい雰囲気のところ悪いけど、そろそろいいか？」

「え、うわ、父ちゃん！」

「えっ⁉」

お互いパッと離れて、恥ずかしさから、顔を上げられない。

ぜ、全部聞かれてたら、どうしよう。

恥ずかしすぎるんだけど。

そ、草太のお父さんだなんてー‼

「草太が電話に出たあと、血相を変えて家を飛びだしたから、車で追いかけてきたんだ。草太のお友達？」

「父ちゃん、紹介するよ。俺の彼女の亜子」

「へっ⁉」

さも当然のごとく彼女として紹介されたことに驚いた。

「なに？　違うの？」

「ち、違わない！　えと、柳内亜子と申します！　ふつつか者ですが、どうぞよろしくお願いします！」

「亜子ちゃん、か。かわいい名前だね」

「いえいえ、そんな」

お父さんは草太にそっくりで、笑顔がとても素敵な体格のいいお父さんだった。芯が強くて、しっかりしていて、きっと、草太が大人になったら、こんな感じになるのかな。

「このたびはわざわざこんな遠くまで来ていただいて……すみません」

「いや、いいんだよ。草太があんなにあわてる姿を見たのは初めてだったから、何事かと思ったけどね」

お父さんにクスッと笑われて、草太は「べつにいいだろ」と子どもみたいにすねてそっぽを向く。

「さあ、こんな時間だから、今日は自転車をおいて、一緒に車で帰ろう」

草太のお父さんは、優しく私たちを車まで案内してくれた。

普段大人っぽく見えても、親の前だとまだまだ子どもだなぁ。

なんて。

車に乗ると、なんと助手席には草太のお母さんもいた。

お母さんとは一度面識があるからなのか、そこまで緊張はしなかったけれど。

「うふふ、見てたわよー！　草太、いいわね、青春ねー！　うらやましいわっ！　亜子ちゃん、草太をよろしくねー！」

「い、いえ、はい、こちらこそっ」

「あなた、青春って何年前だったかしら？　いいわよねぇ」

「ん？　ああ、そうだな。しかし、俺たちだってまだまだ負けてられないぞ」

「もう、なに言ってるの、あなたったら」

「俺は母さんのことを世界で一番愛してるからな」

「もう、やだー！」

草太のお父さんとお母さんはとても仲がいいらしく、お互いを大事に想いあってることが伝わってくる。

「やめろよ、子どもの前で。恥ずかしいだろ」

「あらー、いいじゃない。いずれはあなたたちも夫婦になるんだから、今のうちから私たちの姿を見て勉強しておきなさい」

「「なっ」」

お互いに恥ずかしくなって、顔を見合わせたあと、うつむいた。

「か、母さん、夫婦になるのはまだ早いんじゃないか？」

「そうかしら？　私たちも二十歳で結婚したわけだし、そうは思わないけどね」

「は、ハタチ……」

すごい若くして結婚したんだ？

ってことは、あと三年後!?

す、すごい、そんなの想像もできない。

「俺はいつか亜子とできたらって思ってるよ」

隣で草太がつぶやいた。その声は愛を語りあうふたりの耳には届いていない。

「な、なに、言ってんの……」

いきなり話が飛躍しすぎだよ。

「亜子は違うのかよ？　できれば、その初めても俺がもらいたいんだけど」

な、なんなんだろう、これは。

恥ずかしすぎて言葉が出てこない。

「俺は、本気だから……」

「う……」

恥ずかしくて固まっていると、草太が私の手の上に自分の手を重ねてきた。

暗くてよかった、本当に。

私の顔はまっ赤になりすぎて、リンゴみたいだよ。

「俺はこの先もずっと、亜子のことだけが好きだから。朱里のことはなんとも思ってない。興味すらない。それなのに、亜子の気持ちをわかってやれなくてごめん……」

「ううん、草太は悪くないよ。これからは、不安なこともちゃんと言うからね」

「うん、俺も。できるだけ気持ちを伝える」

……ありがとう。

草太、大好きだよ。

エピローグ

十年後――。

「病めるときも健やかなる時も、お互いを支えあい、ともに生きていくことを誓いますか？」

「『はい、誓います』」

純白のウエディングドレスに身を包み、綺麗に着飾った親友の姿をマジマジと目に焼きつける。

ハンカチを手に私は、新婦登場からずっと泣きっぱなしだった。

「ううっ……」

「おいおい、泣きすぎだから。ゆずもビックリしてんぞ」

「いいでしょ、お祝いの席なんだからっ。ゆず、うれしい時は泣いていいんだよ？」

膝の上におとなしく座っているゆずの頭を優しくなでる。

ゆずは意味がわからないのか、キョトンとしたまま私の目を懸命に見つめてくる。

か、かわいい。

目だけはパパ似で本当によかった。

「ま、いいけどさ、はは」

なに笑ってんのよ、とツッコミを入れたくなったけどやめておく。

挙式が終わって写真撮影に移るタイミングで、少し時間があった。

「おーい、亜子ちゃーん！　草太ー！」

ニコニコしながらやってきたのは、今日の主役である新郎の高木君。

タキシードを着てひときわキラキラ輝いている。

「高木君、今日は本当におめでとう！」

「いやー、照れるよ。マジでさ」

相変わらずニコニコしている高木君は今、エリート銀行マンとして大手の銀行で働いている。

「おー、ゆずちゃーん！　大きくなったなぁ、どれ、お兄さんのところにおいでー」

草太に抱かれている私たちの娘のゆずは、今年二歳になったばかり。

ゆずは高木君のことが大好きで、一度顔を見たら帰るまで離れないほど気にいっている。

両手を伸ばしてゆずは高木君のもとへ。

「かわいいなぁ、ゆずちゃんは」

きゃっきゃと声を上げ満面の笑みを浮かべるゆず。

「やめろ、俺の娘に」

それを見た草太が面白くなさそうにつぶやいた。

高木君からゆずを奪い返そうとして、ゆずが思いっきり嫌がっている。

「悪いな、パパより俺が好きなんだって」

「くそっ」

「もう、大人げないからやめなって」

クスクス笑いながら草太の手を掴む。

すると、ギュッと握り返された。

その様子を見ていた高木君がニヤッと笑った。

「しっかし、おまえらは、あれだな。結婚して五年経つのに、相変わらずラブラブだな！」

「はは、まぁな。うらやましいだろ？」

「今月だっけ？　ふたり目が産まれるの」

「うん、そうだよ。もう臨月に入ったからお腹が苦しくて苦しくて」

そう、私はふたり目を妊娠中。

草太と私は大学を卒業してすぐ、二十二歳で結婚した。

最初はうまくいかないことも多くて、ケンカもたくさんしたけど、ゆずも生まれて今ではとても幸せなんだ。

「亜子、今日は来てくれてありがとう」

遅れて咲希が高木君の隣に並んだ。

「綺麗だよ、咲希ー。絶対に幸せになってね！」

「ふふ、ありがとう」

咲希は幸せそうに笑っていて、もうそれだけで私はお腹いっぱい。

「高木君、咲希を泣かせたりしたら絶対に許さないからね」

「大丈夫だって。なんたって、俺が咲希ちゃんにベタ惚れだからさ。二年かけて落としたんだよ？」

「恋愛に興味がなかった咲希を落とすなんて、すごい執念だよね」

「俺の愛がそれほど大きかったってことかな」

「もう、なに言ってんの！」

咲希はそう言ったけど、その頬はゆるんで幸せに満ちている。

「お幸せにね！　またふたりでうちに遊びにきてね」

「当然！　またゆっくりゆずちゃんに会いにいくね」

「俺も俺も！」

「拓也は当分来んな」

草太はボソッと悪態《あくたい》をつく。

これで大手商社のナンバーワン営業マンだっていうんだから、笑っちゃうよね。

家族を支えるために日々がんばってくれてるから、私もがんばらなきゃ。

「じゃ、披露宴《ひろうえん》も楽しんでってね！　これからも末永くよろしく」

ふたりは式場の人に呼ばれて草太にゆずを託すと、名残惜《なごりお》しそうに去っていった。

私はそんな高木君に笑顔で手を振った。

「なんで拓也に笑顔で手ぇ振ってんの？」

「え？」

「ゆずも取られたうえに、亜子まで……」

「なに言ってんの。私の一番は、草太だよ？」

「え？」

「これからも、ずっとずっとずーっと……私の一番は永遠に草太だけだから」

私は草太にさっき以上に笑ってみせた。

これから先も、草太とだったら大丈夫。

この人とずっと一緒にいたい。

だからさ、これからも末永くよろしくね。

Fin.

あとがき

本作を最後まで読んでいただき、ありがとうございます。一途男子と恋愛に臆病になってる主人公とのラブストーリーはいかがでしたか？

もどかしくてそわそわしていた方もいらっしゃると思います。この物語は、過去作『キミに捧ぐ愛』に登場した主人公の友達、亜子のストーリーです。ツラい経験をした亜子をどうしても幸せにしてあげたくて書いたのですが、楽しんでもらえていたらうれしいです。

最近はすごく寒い日が続きますね。めちゃくちゃ寒がりな私は毎日震えています。現在、私は、看護師として透析室に勤務しているのですが、透析中に患者さんの血圧が下がらないように、十月中旬、いや、下旬くらいまで冷房を効かせている室内で働いてました。今はさすがに冷房はついてないですが、十月の冷房は寒すぎてツラかった〜！　ほかのスタッフが暑いと言うなか、カーディガンを羽織り、真夏でも鉱石入りのレッグウォーマーを履いて足もとが冷えないようにしています。

これからどんどん寒さが厳しくなってくる季節。温かいお風呂に浸かって、しっかり温まろうと思います。そして、皆様も風邪などひかれませんようにご自愛ください。

いつも応援してくださり、本当にありがとうございます。

読んでくださった読者の皆様、この本の出版に携わってくださった方々に、改めて心から感謝いたします。

二〇一九年一一月二五日　miNato

miNato（ミナト）

兵庫県、三田市在住。看護師をしながら、のんびり暮らしている。超マイペースのO型で、興味のないことには関心を示さない。美味しいものを食べることが大好きで、暇さえあれば小説を書いている。『また、キミに逢えたなら。』で第9回日本ケータイ小説大賞の大賞を受賞し、書籍化。単行本・文庫共に著書多数。

池田春香（いけだはるか）

福岡県出身で誕生日は4月22日のおうし座。2009年に『夏の大増刊号りぼんスペシャルハート』でデビュー。以降、少女まんが雑誌『りぼん』で漫画家として活躍中。イラストレーターとしても人気が高く、特に10代女子に多大な支持を得ている。餃子が好きすぎて自画像も餃子に。既刊コミックスに『ロックアッププリンス』などがある。

miNato先生への
ファンレター宛先

〒104-0031　東京都中央区京橋1-3-1　八重洲口大栄ビル7F
スターツ出版（株）　書籍編集部気付　miNato先生

この物語はフィクションです。
実在の人物、団体等とは一切関係がありません。

俺がきみの一番になる。

2019年12月25日　初版第1刷発行
2022年 3 月12日　　　第3刷発行

著　者　miNato　©miNato 2019

発行人　菊地修一
イラスト　池田春香
デザイン　齋藤知恵子
DTP　株式会社光邦
編集　相川有希子
編集協力　ミケハラ編集室
発行所　スターツ出版株式会社
〒104-0031
東京都中央区京橋1-3-1 八重洲口大栄ビル7F
出版マーケティンググループ TEL 03-6202-0386
（ご注文等に関するお問い合わせ）
http://starts-pub.jp/

印刷所　株式会社 光邦
Printed in Japan

乱丁・落丁などの不良品はお取り替えいたします。
上記出版マーケティンググループまでお問い合わせください。

定価はカバーに記載されています。
ISBN 978-4-8137-0819-3 C0193

恋するキミのそばに。

野いちご文庫人気の既刊！

君の笑顔は、俺が絶対守るから。

夏木《なつき》エル・著

“男子なんてみんな嫌い！”という高2の梓は、ある日突然、両親の都合で、クールでイケメンの同級生男子、一ノ瀬と秘密の同居生活をすることに！　口が悪くてちょっと苦手なタイプだったけど、一緒に生活するうちに少しずつ二人の距離は縮まって…。本当は一途で優しい一ノ瀬の姿に胸キュン！

ISBN978-4-8137-0800-1　定価：本体600円＋税

今日も明日も、俺はキミを好きになる。

SELEN《セレン》・著

過去のショックから心を閉ざしていた高1の未紘は、校内で人気の明希と運命的な出会いをする。やがて未紘は明希に惹かれていくけど、彼はある事故から1日しか記憶が保てなくなっていて…。明希のために未紘が選んだ〝決断〟は!?　明日を生きる意味について教えてくれる感動のラブストーリー。

ISBN978-4-8137-0801-8　定価：本体610円＋税

キミさえいれば、なにもいらない。

青山《あおやま》そらら・著

もう恋なんてしなくていい。そう思っていた。そんなある日、学年一人気者の彼方に告白されて……。見た目もチャラい彼のことを、雪菜は信じることができない。しかし、彼方の真っ直ぐな言葉に、雪菜は少しずつ心を開いていき——。ピュアすぎる恋に胸がキュンと切なくなる！

ISBN978-4-8137-0781-3　定価：本体600円＋税

俺にだけは、素直になれよ。

sara《サラ》・著

人づきあいが苦手で、学校でも孤高の存在を貫く美月。そんな彼女の前に現れた、初恋相手で幼なじみの大地。変わらぬ想いを伝える大地に対して、美月は本心とは裏腹のかわいくない態度を取るばかり。ある日、二人が同居生活を始めることになって…。ノンストップのドキドキラブストーリー♡

ISBN978-4-8137-0782-0　定価：本体590円＋税

書店店頭にご希望の本がない場合は、書店にてご注文いただけます。

恋するキミのそばに。

野いちご文庫人気の既刊！

早く気づけよ、好きだって。

miNato《ミナト》・著

入学式のある出会いによって、桃と春はしだいに惹かれあう。誰にも心を開かず、サッカーからも遠ざかり、親友との関係に苦悩する春を、助けようとする桃。そんな中、桃はイケメン幼なじみの蓮から想いを打ち明けられ…。不器用なふたりと仲間が織りなすハートウォーミングストーリー。

ISBN978-4-8137-0710-3　定価：本体600円＋税

大好きなきみと、初恋をもう一度。

星咲《ほしざき》りら・著

ある出来事から同級生の絢斗に惹かれはじめた菜々花。勢いで告白すると、すんなりOKされてふたりはカップルに。初めてのデート、そして初めての……ドキドキが止まらない日々のなか、突然絢斗から別れを切り出される。それには理由があるようで…。ふたりのピュアな想いに泣きキュン！

ISBN978-4-8137-0687-8　定価：本体570円＋税

今日、キミに告白します

高２の心結が毎朝決まった時間の電車に乗る理由は、同じクラスの完璧男子・凪くん。ある日体育で倒れてしまい、凪くんに助けられた心結。意識がはっきりしない中、「好きだよ」と囁かれた気がして…。ほか、大好きな人と両想いになるまでを描いた、全７話の甘キュン短編アンソロジー。

ISBN978-4-8137-0688-5　定価：本体620円＋税

放課後、キミとふたりきり。

夏木《なつき》エル・著

明日、矢野くんが転校する――。千奈は絵を描くのが好きな内気な女の子。コワモテだけど自分の意見をはっきり伝える矢野くんにひそかな憧れを抱いている。その彼が転校してしまうと知った千奈とクラスメイトは、お別れパーティーを計画して……。不器用なふたりが紡ぎだす胸キュンストーリー。

ISBN978-4-8137-0668-7　定価：本体590円＋税

書店店頭にご希望の本がない場合は、書店にてご注文いただけます。